Zu diesem Buch

«Dieser skeptische Bänkelsänger der zwanziger Jahre hat ja das Einfachste von der Welt mit pfiffiger Eleganz zu Papier gebracht. Seine Chansons, Gedichte und Lieder waren immer so anzüglich, daß man sie noch in guter Gesellschaft hinsummen und hersagen konnte, ohne rot zu werden. Zärtlicher Sarkasmus, lesbar in seinem verruchten Charme, weise persiflierte Schwächen: Der sanfteste Vampirismus, den es je gab» («Er»).

Kurt Tucholsky, geboren am 9. Januar 1890 in Berlin, war einer der bedeutendsten Gesellschaftskritiker unseres Jahrhunderts. Er schied am 21. Dezember 1935 in Hindås/Schweden freiwillig aus dem Leben. Tucholsky war unter den Pseudonymen Peter Panter, Theobald Tiger, Ignaz Wrobel und Kaspar Hauser Mitarbeiter der «Schaubühne» und «Weltbühne», die er mit dem späteren Friedens-Nobelpreisträger Carl von Ossietzky zu einem der aggressivsten und wirksamsten publizistischen Instrumente der Weimarer Republik machte.

Von Kurt Tucholsky erschienen außerdem: «Schloß Gripsholm» (rororo Nr. 4), «Zwischen Gestern und Morgen» (rororo Nr. 50), «Panter, Tiger & Co.» (rororo Nr. 131), «Rheinsberg» (rororo Nr. 261), «Ein Pyrenäenbuch» (rororo Nr. 474), «Politische Briefe» (rororo Nr. 1183), «Politische Justiz» (rororo Nr. 1336), «Politische Texte» (rororo Nr. 1444), «Schnipsel» (rororo Nr. 1669), «Deutschland, Deutschland über alles» (rororo Nr. 4611), «Briefe aus dem Schweigen 1932–1935» (rororo Nr. 5410), «Literaturkritik» (rororo Nr. 5548), «Die Q-Tagebücher» (rororo Nr. 5604), «Gesammelte Werke» (10 Bde.; rororo-Kassette), «Ausgewählte Werke» (2 Bde.; Rowohlt 1965), «Briefe an eine Katholikin 1929–1931» (Rowohlt 1970), «Wo kommen die Löcher im Käse her?» (Rowohlt 1981), «Unser ungelebtes Leben. Briefe an Mary» (Rowohlt 1982), «Gedichte» (Rowohlt 1983), «Das Kurt-Tucholsky-Chanson-Buch» (Rowohlt 1983) und «Deutsches Tempo. Gesammelte Werke Ergänzungsband 1911–1932» (Rowohlt 1985).

In der Reihe «rowohlts monographien» erschien als Band 31 eine Darstellung Kurt Tucholskys mit Selbstzeugnissen und Bilddokumenten von Klaus-Peter Schulz, die eine ausführliche Bibliographie enthält.

Kurt Tucholsky

Wenn die Igel in der Abendstunde

Gedichte, Lieder
und Chansons

Mit Zeichnungen
von Werner Klemke

rororo
Rowohlt

Zusammengestellt von Fritz J. Raddatz
Umschlagentwurf Klaus Detjen

Veröffentlicht im Rowohlt Taschenbuch Verlag GmbH,
Reinbek bei Hamburg, Dezember 1985

Gesamtherstellung Clausen & Bosse, Leck
Printed in Germany
680-ISBN 3 499 15658 x

DER LENZ IST DA!

Das Lenzsymptom zeigt sich zuerst beim Hunde,
dann im Kalender und dann in der Luft,
und endlich hüllt auch Fräulein Adelgunde
sich in die frischgewaschene Frühlingskluft.

Ach ja, der Mensch! Was will er nur vom Lenze?
Ist er denn nicht das ganze Jahr in Brunst?
Doch seine Triebe kennen keine Grenze –
dies Uhrwerk hat der liebe Gott verhunzt.

Der Vorgang ist in jedem Jahr derselbe:
man schwelgt, wo man nur züchtig beten sollt,
und man zerdrückt dem Heiligtum das gelbe
geblümte Kleid – ja, hat das Gott gewollt?

Die ganze Fauna treibt es immer wieder:
Da ist ein Spitz und eine Pudelmaid –
die feine Dame senkt die Augenlider,
der Arbeitsmann hingegen scheint voll Neid.

Durch rauh Gebrüll läßt sich das Paar nicht stören,
ein Fußtritt trifft den armen Romeo –
mich deucht, hier sollten zwei sich nicht gehören . . .
Und das geht alle, alle Jahre so.

Komm, Mutter, reich mir meine Mandoline,
stell mir den Kaffee auf den Küchentritt. –
Schon dröhnt mein Baß: Sabine, bine, bine . . .
Was will man tun? Man macht es schließlich mit.

SEHNSUCHT NACH DER SEHNSUCHT

Erst wollte ich mich dir in Keuschheit nahn.
Die Kette schmolz.
Ich bin doch schließlich, schließlich auch ein Mann,
und nicht von Holz.

Der Mai ist da. Der Vogel Pirol pfeift.
Es geht was um.
Und wer sich dies und wer sich das verkneift,
der ist schön dumm.

Denn mit der Seelenfreundschaft – liebste Frau,
hier dies Gedicht
zeigt mir und Ihnen treffend und genau:
es geht ja nicht.

Es geht nicht, wenn die linde Luft weht und
die Amsel singt –
wir brauchen alle einen roten Mund,
der uns beschwingt.

Wir brauchen alle etwas, das das Blut
rasch vorwärtstreibt –
es dichtet sich doch noch einmal so gut,
wenn man beweibt.

Doch heller noch tönt meiner Leier Klang,
wenn du versagst,
was ich entbehrte öde Jahre lang –
wenn du nicht magst.

So süß ist keine Liebesmelodie,
so frisch kein Bad,
so freundlich keine kleine Brust wie die,
die man nicht hat.

Die Wirklichkeit hat es noch nie gekonnt,
weil sie nichts hält.
Und strahlend überschleiert mir dein Blond
die ganze Welt.

VERFEHLTE NACHT

Heute wollte die Gnädige bei mir schlafen –
und ich freute mich auf unsres Glückes Hafen.

Aber die, die längst in den Gräbern ruhen,
weiß betogat und mit weißen Schuhen,

jene alten, weisen, würdigen Kirchenväter
wandern schaurig hinteinander durch den Äther . . .

Ach, ich muß sie alle, alle lernen,
und dann ziehn sie wieder in die nebelhaften Fernen.

Meine Nacht beim Teufel – die verfluchten Frommen!
Wirst du nächste Woche zu mir kommen? –

Sieh, dann sind sie fest in meinem Kopf gefangen.
und ich will vergnügt nach deinen Brüsten langen!

VERSUNKENES TRÄUMEN

Lieblich ruht der Busen, auf dem Tisch,
jener Jungfrau, welche rosig ist und frisch.

Ach, er ist so kugelig und gerundet,
daß er mir schon in Gedanken mundet.

Heil und Sieg dereinst dem feinen Knaben,
dem es freisteht, sich daran zu laben.

Jener wird erst stöhnen und sich recken;
aber nachher bleibt er sicher stecken.

Heirat, Kinder und ein häusliches Frangssäh –
nichts von Liebesnacht und jenem Kanapee . . .

Ich hingegen sitz bei ihren Brüsten,
und – gedanklich – dient sie meinen Lüsten.

Doch dann steh ich auf und schlenkre froh mein Bein,
schiebe ab,
bin frei –
und lasse Jungfer Jungfer sein! –

1967

ABSCHIED VON DER JUNGGESELLENZEIT

Agathe, wackel nicht mehr mit dem Busen!
Die letzten roten Astern trag herbei!
Laß die Verführungskünste bunter Blusen,
das Zwinkern laß, den kleinen Wollustschrei . . .
Nicht mehr für dich foxtrotten meine Musen –
vorbei – vorbei . . .
Es schminkt sich ab der Junggesellenmime:
Leb wohl! Ich nehm mir eine Legitime!

Leb, Magdalene, wohl! Du konntest packen,
wenn du mich mochtest, bis ich grün und blau.
Geliebtendämmerung. Der Mond der weißen Backen
verdämmert sacht. Jetzt hab ich eine Frau.
Leb, Lotte, wohl! Dein kleiner fester Nacken
ruht itzt in einem andern Liebesbau . . .
Lebt alle wohl! Muß ich von Kindern lesen:
Ich schwör sie ab. Ich bin es nicht gewesen.

Nur eine bleibt mir noch in Ehezeiten –
in dieser Hinsicht ist die Gattin blind –,
Dein denk ich noch in allen Landespleiten:
Germania! gutes, dickes, dummes Kind!
Wir lieben uns und maulen und wir streiten
und sind uns doch au fond recht wohlgesinnt . . .
Schlaf nicht bei den Soldaten! Das setzt Hiebe!
Komm, bleib bei uns! Du meine alte Liebe –!

MIKROKOSMOS

Daß man nicht alle haben kann –!
Wie gerne möcht ich Ernestinen
als Schemel ihrer Lüste dienen!
Und warum macht mir Magdalene,
wenn ich sie frage, eine Szene?
Von jener Lotte ganz zu schweigen –
ich tät mich ihr als Halbgott zeigen.
Doch bin ich schließlich 1 Stück Mann ...
Daß man nicht alle haben kann –!

Gewiß: das Spiel ist etwas alt.
Ich weiß, daß zwischen Spree und Elbe
das Dramolet ja stets dasselbe,
doch denk ich alle, alle Male:
entfern ich diesmal nur die Schale –
was wird sich deinen Blicken zeigen?
Was ist, wenn diese Lippen schweigen?
Nur diesmal greifts mich mit Gewalt ...
(Gewiß: das Spiel ist etwas alt.)

Daß man nicht alle haben kann –!
Das läßt sich zeitlich auch nicht machen ...
Ich weiß, jetzt wirst du wieder lachen!
Ich komm doch stets nach den Exzessen
zu dir und kann dich nicht vergessen.
So gib mir denn nach langem Wandern
die Summe aller jener andern.
Sei du die Welt für einen Mann ...
weil er nicht alle haben kann.

KLEINES TRÄLLERLIED

Nahe der Oase
lief mit Judennase
eine Löwin namens Annmarie.
Sie war vierzehn Jahre,
und nur wenig Haare
und nur wenig Busen zierte sie.
Doch sie warf im Schwunge
jährlich sieben Junge –
und ihr Vater spricht zur Mutter schlicht:
«Hat sie was gegessen,
was nicht angemessen,
oder glaubst du etwa, daß sie
stricht –?»

Alle Beuteltiere
spielen gern Klaviere –
so auch die in Nikaragua.
Eine war darunter,
die triebs täglich bunter –
die Korallen hingen ihr bis da!
Edle Otternpelze
in den Beinen hält se –
manchmal gibts ne kleine Fehlgeburt . . .
Hat sie was gegessen,
was nicht angemessen –
oder glaubst du etwa, daß sie
filmt –?

Selbst bei Vater Hermes
ist die Epidermis
nicht zu dünn zu nennen – eher dick.
Aus den Geldermassen,
aus den Stickstoffkassen –
fährt ein Auto in die Republik.
Wer bezahlt den Wagen?
Niemand mag es sagen –
Alles schweigt, nur Vater Hermes redt.
Hat er was gegessen,
was nicht angemessen –
oder glaubst du etwa, daß er
geht –?

SILVESTER

Was fange ich Silvester an?
Geh ich in Frack und meinen kessen
blausanen Strümpfen zu dem Essen,
das Herr Generaldirektor gibt?
Wo man heut nur beim Tanzen schiebt?
Die Hausfrau dehnt sich wild im Sessel –
der Hausherr tut das sonst bei Dressel –,
das junge Volk verdrückt sich bald.
Der Sekt ist warm. Der Kaffee kalt –
Prost Neujahr!
Ach, ich armer Mann!
Was fange ich Silvester an?

Wälz ich mich im Familienschoße?
Erst gibt es Hecht mit süßer Sauce,
dann gibts Gelee. Dann gibt es Krach.
Der greise Männe selbst wird schwach.
Aufsteigen üble Knatschgerüche.
Der Hans knutscht Minna in der Küche.
Um zwölf steht Rührung auf der Uhr.
Die Bowle –! (‹Leichter Mosel› nur –).
Prost Neujahr!
Ach, ich armer Mann!
Was fange ich Silvester an?

Mach ich ins Amüsiervergnügen?
Drück ich mich in den Stadtbahnzügen?
Schrei ich in einer schwulen Bar:
«Huch, Schneeballblüte! Prost Neujahr –!»
Geh ich zur Firma Sklarz Geschwister –
(Nein, nein – ich bin ja kein Minister!)
Bleigießen? Ists ein Fladen klein:
Dies wird wohl Deutschlands Zukunft sein ...
Prost Neujahr!
Helft mir armem Mann!
Was fang ich bloß Silvester an –?

(Einladungen dankend verbeten.)

BLICK IN DIE ZUKUNFT

Du schläfst bei mir. Da plötzlich, in der
Nacht, du liebe Dame,
Bist du mit einem Laut mir jäh erwacht –
War das ein Name?

Ich horche. Und du sagst es noch einmal –
im Halbschlaf: «Leo . . .»
Bleib bei der Sache, Göttin meiner Wahl!
Ich heiße Theo.

Noch bin ich bei dir. Wenn die Stunde
naht, da wir uns trennen:
Vielleicht lernt dich dann ein Regierungs-
rat im Teeraum kennen.

Und gibst du seinen Armen nachts dich preis,
den stolzen Siegern: –
Dann flüstre einmal meinen Namen leis
und denk an Tigern.

1967

MEETING

Das ist nun so.
Je freier und je nackter,
je mehr enthüllt das Herz sich. Offen liegt
beim Boxen und beim Lieben der Charakter
des Partners, der dich hüllenlos besiegt.

Die Trainer schreien. «Zeit!» Ihr streckt die Hände.
Ihr seid ein Knäul. Ein Wille. Ein Duett.
Die strengen Regeln treibens bis zum Ende
beim Boxen, liebe Frau, und auch im Bett.

Wie schön zu kämpfen und sich zu umfassen.
Da noch ein Druck und da ein Untergriff.
Und dann betäubt sich leise treiben lassen ...
Der Richter gibt den ersten Pausenpfiff.

Der nächste Gang. So gib, du, gib dein Letztes.
Ich fühle lebensnahe, glatte Haut ...
Aus Tiefen springt dein Herzblut, und dann netzt es
mich weich – wie bist du mir vertraut!

Wo bist du, Welt?
Die Erde soll versinken.
Es hüllt der Kampf uns, tief bewußtlos, ein.
Und meine trocknen Lippen wollen trinken.
Ich hasse dich. Doch du mußt bei mir sein.

Die Gruppe löst sich.
Und die Trainer wettern.
Der Richter winkt. Das Publikum kann gehn.
Und morgen stehts in allen großen Blättern:
«Jolanthe/Tiger –
Ausgang: 10 zu 10.»

DIE MÜHLE

Für Gussy Holl

Zum erhabenen Brahma
betet jeder Lama
weit in Tibet ein Gebet.
Sitzt da im Gestühle
und dreht an einer Mühle,
die zum Beten vor ihm steht.
Uralt Wort vom Priestertum:
«Om – mani – padme – hum!»

Hier bei uns zu Lande
am unsichtbaren Bande
jeder solche Mühle schleppt.
Mancher will nur beten
zu den Papiermoneten,
bis ihn die Devise neppt.
Stets zählt er sein Eigentum ...
Om – mani – padme – hum!

Mancher sieht nur Weiber
Brüste nur und Leiber –
keine, keine läßt ihn still.
Taumelt durch die Nächte,
daß er die Frauen schwächte,
weil die Mühle es so will.
Der kennt nur ein Heiligtum ...
Om – mani – padme – hum –

Mancher stelzt wie'n Gockel
und klemmt sich das Monokel
ein – und betet nur zum Heer.
Will den Kerls was pfeifen
und seine Deutschen schleifen
und wünscht sich einen Weltkrieg her.
«Nieder mit dem Judentum!
Om – mani – padme – hum!»

Also drehn verdrossen
alle Zeitgenossen
immer ihre Mühle rum.

Jeder hat die seine,
und jeder dreht nur eine
Walze lebenslänglich um.
Was sind Schönheit, Geld und Ruhm –?
   Om – mani – padme – hum.

MEDITATION

Möchtest du, mein Goldkind, einen Knaben?
Hier im Buche steht, daß man bestimmt
sie so kriegen kann, wie man sie haben
will, wenn mans methodisch unternimmt.

Gott, ein Junge hat ja viel auf Erden.
Er wird mannbar und Regierungsrat.
Geht es schief, dann kann er Richter werden
oder gutgesinnter Demokrat.

Halt! Tus nicht! Du nimmst da eine Nährpflicht
auf dich ohne jeden Hoffnungsstrahl.
Bald hat Deutschland seine alte Wehrpflicht,
und dann wird er Menschenmaterial.

Oder möchtest du eine Knabine –?
Abdenitten? Immer so dewest?
Sucht ein Bankdirektor nach Titine,
erntest du doch, was du heute säest.

Halt! Tus nicht! Mit fünfundfünfzig Jahren
da verknallt sie sich in den Chauffeur.
Scheidung, Krach, Tragödie . . . wir ersparen
ihr und ihm wohl lieber das Malheur.

Ja, was nun? Ich bleibe gern im Ruhstand.
Kriege keine! Laß sie lieber da!
Laß es ruhig bei dem alten Zustand!
Und bleib kinderlos!
Wie dein Papa!

DER PFAU

Ich bin ein Pfau.
                                In meinen weißen Schwingen
fängt sich das Schleierlicht der Sonne ein.
Und alle Frauen, die vorübergingen,
liebkosten mit dem Blick den Silberschein.

Ich weiß, daß ich sehr schön bin.
                                                        Meine Federn
auf meinem Kopf stell ich oft kapriziös . . .
Ich hab das weißeste von allen Pfauenrädern;
ich bin sehr teuer, selten und nervös.

Ich habe leider ziemlich große Krallen,
und wenn ich fliege, sieht es kläglich aus.
Doch, wer mich liebt, dem werde ich gefallen,
und alle Welt steht vor dem Vogelhaus.

Klug bin ich nicht. Klugheit ist nicht bei allen,
viel liegt nicht hinter meiner Vogelstirn.
Ich will gefallen – immer nur gefallen –
Ich bin ein schöner Pfau. Ich brauche kein Gehirn.

Nur singen darf ich nicht. Das ordinäre
Gekrächz ist nicht zu sehen – wie mein Bildnis zeigt.
Ich bin ein Pfau.
                                Und eine schöne Lehre:
Wer dumm und schön ist, setzt sich. Siegt. Und schweigt.

DER RHEIN UND DEUTSCHLANDS STÄMME

Es fließt ein Strom durch das deutsche Land,
drin spiegeln sich Schlösser und Zinnen;
er ist in den deutschen Gauen bekannt,
kein Refrain kann demselben entrinnen.
  Und alle Romantik hat hier ihr Revier,
  und je lauter das Rheinlied, je kälter das Bier
  der kleinen und großen Verdiener.
  Zum Beispiel so der Berliner:
    «Ein rheinischet Meechen – beim rheinischen Wein –
      Ja, Donnerwetter nich noch mal!
    Na, det muß ja der Hümmel auf Erdn sein –!
      Wat, Lucie –?»

Wer Lieder für Operetten schreibt
aus Prag, aus Wien und aus Bentschen –:
den Rhein möcht ich sehn, der da ungereimt bleibt –
es sind halt geschickte Menschen!
  Und was sie dichten, ganz Deutschland grölts,
  von Aachen bis Dirschau, von Kiel bis nach Ölz;
  wo nur Treue und Weinbrand wachsen.
  Zum Beispiel so unsere Sachsen:
    «Ein rheinisches Mädchen – beim rheinischen Wein –
      Nu heere mal, Agahde, was hasdn dn
      Krachenschonr nich midgenomm? 's is doch
      so giehle uffm Wasser?
    Diß muß ja der Himmel auf Erden sein!
      Eicha . . .!»

Im Rhein, da quillt unsere Mannesbrust,
da liegen dicke Tantiemen;
und befällt den Deutschen die Sangeslust:
hier kann er das Ding unternehmen.
  Es reimt sich der Rhein
  auf Schein und auf Sein
  und auf mein und auf dein,
  auf Jüngferlein, Stelldichein, Gänseklein . . .

Und ist auch zerklüftet das Deutsche Reich:
im Moorbad der Lyrik verstehn sie sich gleich.
  Viel schneller als bei Richard Dehmel.
  Zum Beispiel so jener aus Memel:

«Äin rhäinisches Mädchen – bäim rhäinischen Wäin –
äi, das muß ja der Himmel – auf Erden säin –
  Wäißt, wenn dir der Wäin nich schmeckt,
  jieß noch 'n kläin Schnaps-che räin! –
Äi, das muß ja der Himmel auf Erden säin –!
  Oder mäinst näin –?»

So ist der Rheinstrom ohne Fehle,
das Familienbad der deutschen Seele.

GEHEIMNIS

Jüngst betraf mich ein Japaner,
und in des Gespräches Wellen,
als wir von Matrosen sprachen,
ließ er ein klein Wörtlein fallen:
‹Skibi›.

«Was bedeutet das, Geehrter?»
fragt ich leicht und glatt und höflich.
«Nie noch hört ich diese Silben:
Skibi –?

Ists ein Laster? Ein Gesellschafts-
spiel? Kann man es konsumieren?
Tun Matrosen es? Mit wem wohl?
Skibi –?»

Der Japaner nickte höflich,
lächelte und schwieg. Und seitdem
hockt auf mir der Skibi-Wahnsinn.
Skibi! zwitschern alle Spatzen.
Skibi-skibi! gellt die Hupe.
Und die Stadtbahn-Wagenachsen
rattern: Skibi-skibi-skibi . . . !
Skibi! piept die Bodenmaus.
Und so sieht die Sonne aus:

kibiskibiskibiskibiskibiskibiskibiskibis

Traurig krauche ich durchs Leben.
Kann mir niemand Rettung geben?
Auf, nach Japan laßt mich fahren,
seekrank, heiß, mit Möwenscharen,
wochenlang in Schiffsbewegung,
II. Klasse (mit Verpflegung) –

Und ich seh nicht Palästina,
Indien nicht an und China –
Bombay nicht und nicht Kalkutta,
in Port Said die Kuppelmutter . . .
Ungegessen, ungeschlafen,
        fahr ich.

Auf dem Quai im Japan-Hafen
spring ich auf den ersten besten,
halt ihn an am Knopf der Westen –
    schreiend frag ich:
        «Was ist Skibi –?»

Der Japaner, kalten Blutes,
spricht: «Das fragt man nicht. Man tut es.
    Skibi-skibi-skibi-skibi –!»

In die Heimat fährt ein Greis.
Stumm. Zerbrochen. Haar schlohweiß.
Geht ins Kloster als Trappist,
weil er nicht weiß, was Skibi ist.

LIEBESPAAR AM FENSTER

Dies ist ein Sonntag vormittag;
wir lehnen so zum Spaße
leicht ermüdet zum Fenster hinaus
und sehen auf die Straße.
Die Sonne scheint. Das Leben rinnt.
Ein kleiner Hund, ein dickes Kind . . .
Wir haben uns gefunden
für Tage, Wochen, Monate
und für Stunden – für Stunden.

Ich, der Mann, denke mir nichts.
Heut kann ich zu Hause bleiben,
heute geh ich nicht ins Büro –
. . . an die Steuer muß ich noch schreiben . . .
Wieviel Uhr? Ich weiß nicht genau.
Sie ist zu mir wie eine Frau,
ich fühl mich ihr verbunden
für Tage, Wochen, Monate
und für Stunden – für Stunden.

Ich, die Frau, bin gern bei ihm.
Von Heiraten wird nicht gesprochen.
Aber eines Tages will ich ihn mir
ganz und gar unterjochen.
Die Dicke, daneben auf ihrem Balkon,
gibt ihrem Kinde einen Bonbon
und spielt mit ihren Hunden . . .
So soll mein Leben auch einmal sein –
und nicht nur für Stunden – für Stunden.

Von Kopf zu Kopf umfließt uns ein Strom;
noch sind wir ein Abenteuer.
Eines Tages trennen wir uns,
eine andere kommt . . . ein neuer . . .
Oder wir bleiben für immer zusammen;
dann erlöschen die großen Flammen,
Gewohnheit wird, was Liebe war.
Und nur in seltenen Sekunden
blitzt Erinnerung auf an ein schönes Jahr,
und an Stunden – an glückliche Stunden.

LIED FÜRS GRAMMOPHON

Gib mir deine Hand,
  Lucindy!
Du, im fernen Land –
  Lucindy!
Wie die Ätherwellen flitzen
über Drähte, wo die Raben sitzen,
  saust meine Liebe dir zu . . .
    du –
  tu–tu–tu– mmm –

Wenn du mich liebst, so singt dein Blut,
  Lucindy!
Ach, wenn du nicht da bist, bin ich dir so gut,
  Lucindy!
Dein, dein Lächeln läßt mir keine Ruh . . .
  Man kann von oben lächeln,
  man kann von unten lächeln,
  man kann daneben lächeln –
    wie lächelst du?
  tu–tu–tu– mmm –

Meine, die will mich verlassen,
  Lucindy!
Deiner, der will dich fassen,
  Lucindy!
Kehr zu ihm zurück!
Vielleicht ist das das Glück . . .
  Ich guck in den Mond immerzu –
  oh, so blue – mmm –

Wie man auch setzt im Leben,
  Lucindy!
man tippt doch immer daneben,
  Lucindy!
Wir sitzen mit unsern Gefühlen
meistens zwischen zwei Stühlen –
und was bleibt, ist des Herzens Ironie . . .
  Lucindy!
  Lucindy!
  Lucindy –!

1967

EIN NACHDENKLICHER ZUSCHAUER

Der alte Mann spricht:

Komisch – det machn die nu jedes Jahr!
Det se det nich iba wern . . .
Der sacht: «Du hast abar schönes Haar!»
un det wolln die Meechn ooch heern . . .
 Kuck mah – wat macht der fürn Betrieb!
 hach, un die is janz hinüba –
 die hat ihrn Emton ehm lieb –
 je länger –
  jelängerjelieber!

Wat denkt die sich nu –?
  Det der junge Mann
ihr einziger is und ihr alles –?
So fangt det Ding ja imma an
im Falle eines Falles.
 Nachher komm Kinda un Faltn un so:
 det scheenste is doch det Fieba
 am Anfang, wenn se sinn jlicklich un froh –
 je länger –
  jelängerjelieber.

Nu drickt er sie nommal, und denn jehn se los
int Kino oda bei Muttan –
heut is die Liebe noch mächtig jroß,
die vajessn vor Liebe zu futtan.
 So jeheert sich det auch. Det muß auch so sein!
 Allein is richtich – aba allein zu zwein.
 Von mir aus leben se dreimal hoch!
 Ich denke mir demjejenieba:
 Wenn eener und er muß mal, denn soll er ooch –:
 Je länger –
  jelängerjelieber –!

IN ALLER EILE

– «Hallo! Hier Eisner und Ehrmann, wer dort –? Jawohl ... Man kann Sie nicht verstehen; Sie müssen etwas lauter sprechen! ... Dann werden wir Ihnen also die Faktur morgen zugehen lassen! Schluß!» Telefongespräch 1895

– «Also ich telefoniere hier von der Post –
vor der Zelle stehn schon Leute –
ich fahre nach Lichterfelde-Ost
und erledige die Sache noch heute.
Was ich sagen wollte ... Warum warn Sie gestern nicht da?
auf der Modenschau?
Ich war mit der Putti ... wissen Sie ... na ...
Hände hat die Frau –!
Fabelhaft.

Wiesner –? Erzählen Sie mir doch nichts –
das nehm ich auf mein Eid –!
Bitte! Nach Ansicht des Gerichts
hab ich dazu immer noch Zeit!
Was ich sagen wollte ... Wir gehn Sonnabend aus –
Mit ihrem Freund? Na, so blau!
Die nehm ich glatt mit mir nach Haus –
Augen hat die Frau –!
Fabelhaft.

Die Wechsel sind ... na, wie finden Sie das?
Die klopfen ans Fenster, weil ich
hier spreche – ich erzähl Ihnen persönlich noch was,
ich bin nämlich furchtbar eilig.
Was ich sagen wollte ... ich bin derartig scharf ...
Natürlich! Weiß ich genau,
was ein Schentelmän sich erlauben darf ...
Einen Rücken hat die Frau –!
Fabelhaft.

Wir legen die Schecks ... hallo? ... unterbrochen ...
Ich habe doch noch gar nicht gesprochen ...!
Na, denn nicht.
Nur keine falsche Hast!

Ich spreche hier, solange 's mir paßt!
Lümmel.
Ja –! Nein –!
Na, da gehn Sie doch rein!
Eine Luft wie in einem Schwitzkastenbad . . .
Was der schon zu telefonieren hat –
Lümmel.»

DISKRETION

Daß Josefine eine schiefe Nase hat;
daß Karlchen eine schwache Blase hat;
daß Doktor O., was sicher stimmt,
aus einem dunkeln Fonds sich Gelder nimmt;
daß Zempels Briefchen nur zum Spaß ein Spaß ist,
und daß er selbst ein falsches Aas ist
  in allen sieben Lebenslagen –:
  das kann man einem Menschen doch nicht sagen!
    Na, ich weiß nicht –

Daß Willy mit der Schwester Rudolfs muddelt;
daß Walter mehr als nötig sich beschmuddelt;
daß Eugen eine überschätzte Charge;
daß das Theater ... dieser Reim wird large ...
daß Kloschs Talent, mit allem, was er macht,
nicht weiter reicht als bis Berlin W 8;
  daß die Frau Doktor eine Blähung hat im Magen –:
  das kann man einem Menschen doch nicht sagen!
    Na, ich weiß nicht –

Man muß nicht. Doch man kann.
          Die Basis unsres Lebens
ist: Schweigen und Verschweigen – manchmal ganz vergebens.
Denn manchmal läuft die Wahrheit ihre Bahn –
dann werden alle wild. Dann geht es: Zahn um Zahn!
Und sind sie zu dir selber offen,
dann nimmst du übel und stehst tief betroffen.
  Die Wahrheit ist ein Ding: hart und beschwerlich,
  sowie in höchstem Maße feuergefährlich.
  Brenn mit ihr nieder, was da morsch ist –
  und wenns dein eigner Bruder Schorsch ist!
  Beliebt wird man so nicht! Nach einem Menschenalter
  läßt man vom Doktor O. und Klosch und Walter
  und läßt gewähren, wie das Leben will ...
  Und brennt sich selber aus. Und wird ganz still.
    Na, ich weiß nicht –.

IDEAL UND WIRKLICHKEIT

In stiller Nacht und monogamen Betten
denkst du dir aus, was dir am Leben fehlt.
Die Nerven knistern. Wenn wir das doch hätten,
was uns, weil es nicht da ist, leise quält.
Du präparierst dir im Gedankengange
das, was du willst – und nachher kriegst dus nie ...
Man möchte immer eine große Lange,
und dann bekommt man eine kleine Dicke –
C'est la vie –!

Sie muß sich wie in einem Kugellager
in ihren Hüften biegen, groß und blond.
Ein Pfund zu wenig – und sie wäre mager,
wer je in diesen Haaren sich gesonnt ...
Nachher erliegst du dem verfluchten Hange,
der Eile und der Phantasie.
Man möchte immer eine große Lange,
und dann bekommt man eine kleine Dicke –
Ssälawih –!

Man möchte eine helle Pfeife kaufen
und kauft die dunkle – andere sind nicht da.
Man möchte jeden Morgen dauerlaufen
und tut es nicht. Beinah ... beinah ...
Wir dachten unter kaiserlichem Zwange
an eine Republik ... und nun ists die!
Man möchte immer eine große Lange,
und dann bekommt man eine kleine Dicke –
Ssälawih –!

1967

AUGEN IN DER GROSS-STADT

Wenn du zur Arbeit gehst
am frühen Morgen,
wenn du am Bahnhof stehst
mit deinen Sorgen:
        da zeigt die Stadt
        dir asphaltglatt
    im Menschentrichter
    Millionen Gesichter:
Zwei fremde Augen, ein kurzer Blick,
die Braue, Pupillen, die Lider –
Was war das? vielleicht dein Lebensglück ...
vorbei, verweht, nie wieder.

Du gehst dein Leben lang
auf tausend Straßen;
du siehst auf deinem Gang,
die dich vergaßen.
        Ein Auge winkt,
        die Seele klingt;
    du hasts gefunden,
    nur für Sekunden ...
Zwei fremde Augen, ein kurzer Blick,
die Braue, Pupillen, die Lider;
Was war das? kein Mensch dreht die Zeit zurück ...
Vorbei, verweht, nie wieder.

Du mußt auf deinem Gang
durch Städte wandern;
siehst einen Pulsschlag lang
den fremden Andern.
        Es kann ein Feind sein,
        es kann ein Freund sein,
        es kann im Kampfe dein
        Genosse sein.
    Es sieht hinüber
    und zieht vorüber ...
Zwei fremde Augen, ein kurzer Blick,
die Braue, Pupillen, die Lider.
Was war das?
        Von der großen Menschheit ein Stück!
Vorbei, verweht, nie wieder.

DER STIMMUNGSSÄNGER

Das Lokal verdunkelt sich, tieflila und bonbonrosa

Hörst du nicht das Lieböslied,
wie es leis die Nacht durchzieht?
Zwei Herzen, die scherzen, ahnen oft nicht,
daß plötzlich beim Scherzün entflammen die Herzün . . .
Du bist etwas ganz Wunderbars:
Ich hab dich so gerne –
Bist mir Sonne, Mond und Sterne,
meine Venus du und mein Mars . . .
Sag mir noch einmal Jöä, du schöne Frau!
Sag mir noch einmal Jöä!
Ich weiß genau:
Ich drück dich an mein Herriz – die Nacht und ich sind blau
am Busen einer schönen Frau –!

Orchester

Ein bayerischer Gast verlangt stürmisch nach Knödeln. Der Stimmungssänger zieht sich zwei aus dem Hals und reicht sie ihm.

Orchester

Ich denke an dich spät und früh,
du meine Madamm Butterflüh!
Mit dir – da möcht ich einmal sein
in Rüdesheim am Rhein beim Wein!
Du trägst ein Kind unterm Herzelein . . .
Ja, wer mag der Vater nur sein –?
Drei Musketiere! Drei Kavaliere!
Für die Freiheit stehen sie ein!
Zieht blank, Musketiere, und steckt den Degen ein
mang die Freiheit, die Frauen und der Wein!
Him – plam, plam
Hum – plim, plim
Jau – didau didau –
plim – plim . . .

Ich schenk dir Küsse ohne Zahl.
Wir sind hier ein durchaus feines Lokal.
Vor Monokeln liegen wir auf dem Bauch;
kommt der Kronprinz einmal, vor dem Kronprinzen auch!
Zähl nicht jede Flasche, die der Kellner dir nimmt

halbgefüllt . . .
Du süßes Engelsbild!
Bald ist der Moi
vorbeu!
Bleib mir treu!
Und kaufe ihr einen Veilchenstrauß,
sonst fliegt die Person aus dem Ausschank hier raus!
Zonny boy!
Und kaufe ihr einen Täddy-Bären,
sonst darf die Nutte hier nicht mehr verkehren!
Zonny boy . . .
Die deutsche Frau sei dem Manne geheiligt –
auch ist sie an den Getränken beteiligt . . .
Keine Inkorrektheit, die uns entwischt!
Zwischen servil und frech gibt es hier nischt.
Hier herrscht Ordnung!

Dort seh ich die Lo – die süße Kokwette –
sie kommt grade von der Damentoilette!
O sieh doch nur, wie der Mondenschein strahlt!
Dabei hat das Luder nicht mal bezahlt!
Sie macht ein unschuldvoll Gesicht
und denkt, die Toilettenfrau merkt es nicht . . .
Doch es gibt eine Frau, die dich niemals vergißt
und dir alles im Leben verzeiht –
aber wenn du ihr weggelaufen bist,
dann kommt es, daß sie schreit:
«Heinmal sagt man sich Hadjöö,
wenn man sich auch noch so liebt!
Einmal sagt man sich Adieu,
det mir det Aas keen Trinkjeld jibt!
Da hat se natürlich keen Jeld vor . . .!»

Und wir spielen vermittels des Weins
dem Mittelstand große Welt vor
von abends bis morgens um eins!
Stoßt auf! Mit dem Rebenpokale!
Die Celli und Geigen ziehn!
Wir sind die Vergnügungslokale
und der Stolz der Weltstadt Berlin –!

DER ANDRE MANN

Du lernst ihn in einer Gesellschaft kennen.
Er plaudert. Er ist zu dir nett.
Er kann dir alle Tenniscracks nennen.
Er sieht gut aus. Ohne Fett.
  Er tanzt ausgezeichnet. Du siehst ihn dir an ...
  Dann tritt zu euch beiden dein Mann.

Und du vergleichst sie in deinem Gemüte.
Dein Mann kommt nicht gut dabei weg.
Wie er schon dasteht – du liebe Güte!
Und hinten am Hals der Speck!
  Und du denkst bei dir so: «Eigentlich ...
  Der da wäre ein Mann für mich!»

Ach, gnädige Frau! Hör auf einen wahren
und guten alten Papa!
Hättst du den Neuen: in ein, zwei Jahren
ständest du ebenso da!
  Dann kennst du seine Nuancen beim Kosen;
  dann kennst du ihn in Unterhosen;
  dann wird er satt in deinem Besitze;
  dann kennst du alle seine Witze.
  Dann siehst du ihn in Freude und Zorn,
  von oben und unten, von hinten und vorn ...
Glaub mir: wenn man uns näher kennt,
gibt sich das mit dem happy end.
Wir sind manchmal reizend, auf einer Feier ...
und den Rest des Tages ganz wie Herr Meyer.
Beurteil uns nie nach den besten Stunden.

Und hast du einen Kerl gefunden,
mit dem man einigermaßen auskommen kann:
  dann bleib bei dem eigenen Mann!

AUFGEWACHSEN BEI ...

Dir gefallen die Beine nicht,
dir gefällt die Kleine nicht,
dir gefällt die Große nicht,
und du magst die Sauce nicht.
Dir gefällt der Opel nicht,
und du wärst kein Popel nicht,
und dir schmeckt der Steinwein nicht,
und dir schmeckt der Rheinwein nicht ...
Lieber Freund, besinn dich drauf:
Worauf herauf –?

Bist du denn so reich und schön?
Bist du lieblich anzusehn?
Bist du elegant und schick?
Untenrum nicht reichlich dick?
Bist du mit dem Mordskrawall
wohl aus einem ersten Stall?
Immer schreist du nach Niveau ...
lebst du denn zu Hause so?
Du – mit deinem Lebenslauf:
Worauf herauf –?

Stell dich mit dem Doppelkinn
mal vor einen Spiegel hin:
Wenn die Frauen auch mal sieben:
welches Mädchen soll dich lieben?
Sage selbst!
Wenn die Kellner Augen haben:
wofür halten sie dich Knaben?
Sage selbst!
In dem reichen Kaufmannshaus:
wie siehst du im Smoking aus?
Sage selbst!
Mach nicht immer solche Faxen.
Mensch, es ist ja halb Berlin
aufgewachsen, aufgewachsen
bei den grünen Jalousien –!

MALWINE

Ich habe mich deinetwegen
gewaschen und rasiert.
Ich wollte mich zu dir legen
mit einem Viertelchen,
mit einem Achtelchen –
Malwine!
Doch du hast dich geziert.

Der Kuckuck hat geschrien
auf deiner Schwarzwalduhr.
Ich lag vor deinen Knien:
«Gib mir ein Viertelchen!
Gib mir ein Achtelchen!
Malwine!
Ein kleines Stückchen nur!»

Dein Bräutigam war prosaisch.
Demselben hat gefehlt,
dieweilen er mosaisch,
ein kleines Viertelchen,
ein kleines Achtelchen . . .
das hätt dich sehr gequält!

Du hast mir nichts gegeben
und sahst mich prüfend an.
Das, was du brauchst im Leben,
sei nicht ein Viertelchen,
und nicht ein Achtelchen . . .
das sei ein ganzer Mann –!

Mich hat das tief betroffen.
Dein Blick hat mich gefragt . . .
Ich ließ die Frage offen
und habe nichts gesagt.

Daß wir uns nicht besaßen!
So aalglatt war mein Kinn.
Nun irr ich durch die Straßen . . .
Malwine –!
und weine vor mich hin.

DIE FRAU SPRICHT

1. Die geschiedene Frau

Ja ... da wär nun also wieder einer ...
    das ist komisch!
Vor fünf Jahren, da war meiner;
dann war eine ganze Weile keiner ...
    Und jetzt geht ein Mann in meiner Wohnung um,
    findet manches, was ich sage, dumm;
    lobt und tadelt, spricht vom Daseinszwecke
    und macht auf das Tischtuch Kaffeeflecke –
        Ist das alles nötig –?

Ja ... er sorgt. Und liebt. Und ists ein trüber
Morgen, reich ich meine Hand hinüber ...
    Das ist komisch:
Männer ... so in allen ihren Posen ...
Und frühmorgens, in den Unterhosen ...
    Plötzlich wohnt da einer auch in meiner Seele.
    Quält mich; liebt mich; will, daß ich ihn quäle;
    dreht mein Leben anders, lastet, läßt mich fliegen –
    siegt, und weil ich klug bin, laß ich mich besiegen ...
        Habe ich das nötig –?

Ich war ausgeglichen. Bleiben wir allein,
    ... komisch ...
sind wir stolz. So sollt es immer sein!
    Flackerts aber, knistern kleine Flammen,
    fällt das alles jäh in sich zusammen.
    Er braucht uns. Und wir, wir brauchen ihn.
    Liebe ist: Erfüllung, Last und Medizin.
    Denn ein Mann ist Mann und Gott und Kind,
    weil wir so sehr Hälfte sind.
        Aber das ist schließlich überall:
        der erste Mann ist stets ein Unglücksfall.
        Die wahre Erkenntnis liegt unbestritten
        etwa zwischen dem zweiten und dem dritten.
Dann weißt du. Vom Wissen wird man nicht satt,
aber notdürftig zufrieden, mit dem, was man hat,

Amen.

2. Eine Frau denkt

Mein Mann schläft immer gleich ein ... oder er raucht seine Zeitung
und liest seine Zigarre
... Ich bin so nervös ... und während ich an die Decke starre,
denke ich mir mein Teil.
Man gibt ihnen so viel, wenigstens zu Beginn. Sie sind es nicht wert.
Sie glauben immer, man müsse hochgeehrt
sein, weil man sie liebt.
Ob es das wohl gibt:
ein Mann, der so nett bleibt, so aufmerksam
wie am ersten Tag, wo er einen nahm ...?
Einer, der Freund ist und Mann und Liebhaber; der uns mal neckt,
mal bevatert, der immer neu ist, vor dem man Respekt
hat und der einen liebt ... liebt ... liebt ...
ob es das gibt?

Manchmal denke ich: ja.
Dann sehe ich: nein.
Man fällt immer wieder auf sie herein.

Und ich frage mich bloß, wo diese Kerls ihre Nerven haben.
Wahrscheinlich ... na ja. Die diesbezüglichen Gaben
sind wohl ungleich verteilt. So richtig verstehen sie uns nie.
Weil sie faul sind, murmeln sie was von Hysterie.
Ist aber keine. Und wollen wir Zärtlichkeit,
dann haben die Herren meist keine Zeit.
Sie spielen: Symphonie mit dem Paukenschlag.
Unsere Liebe aber verzittert, das ist nicht ihr Geschmack.
Hop-hop-hop – wie an der Börse. Sie sind eigentlich nie
mehr als erotische Statisterie.
Die Hauptrolle spielen wir. Wir singen allein Duett,
leer in der Seele, bei sonst gut besuchtem Bett.

Mein Mann schläft immer gleich ein, oder er dreht sich
um und raucht seine Zigarre.
Warum? Weil ...
Und während ich an die Decke starre,
denke ich mir mein Teil.

3. Die Nachfolgerin

Ich hab meinen ersten Mann gesehn –
der ging mit einer!
Hütchen, Rock und Bluse (Indanthren)
und zwei Kopf kleiner!
Sie muß ihn wohl ins Büro begleiten ...
Über den Geschmack ist nicht zu streiten.
Na, herzlichen Glückwunsch!

Sein Gehirn ist bei der Liebeswahl
ganz verkleistert;
wenn er siegt, dann ist er allemal
schwer begeistert.
Ob Languettenhemd, ob teure Seiden –
seinetwegen kann man sich in Säcke kleiden ...
Na, herzlichen Glückwunsch!

Frau ist Frau. Wie glücklich ist der Mann,
dem das gleich ist!
Und für sowas zieht man sich nun an!
Als ob man reich ist!
Das heißt: für ihn ...?
Wir ziehen unsre Augenbrauen
für und gegen alle andern Frauen.
Immerhin erwart ich, daß ers merken kann;
ich will fühlen, daß ich reizvoll bin.
Dreifach spiegeln will ich mich: im Glas, im Neid, im Mann.
Und der guckt gar nicht hin.

Liebe kostet manche Überwindung ...
Männer sind eine komische Erfindung.

4. Lamento

Der deutsche Mann
Mann
Mann –
das ist der unverstandene Mann.
Er hat ein Geschäft, und er hat eine Pflicht.
Er hat einen Sitz im Oberamtsgericht.
Er hat auch eine Frau – das weiß er aber nicht.

Er sagt: «Mein liebes Kind . . .» und ist sonst ganz vergnügt –
Er ist ein Mann. Und das
genügt.

Der deutsche Mann
Mann
Mann –
das ist der unverstandene Mann.
Die Frau versteht ja doch nichts, von dem, was ihn quält.
Die Frau ist dazu da, daß sie die Kragen zählt.
Die Frau ist daran schuld, wenn ihm ein Hemdknopf fehlt.
Und kommt es einmal vor, daß er die Frau betrügt:
Er ist ein Mann. Und das
genügt.

Der deutsche Mann
Mann
Mann –
das ist der unverstandene Mann.
Er gibt sich nicht viel Mühe, wenn er die Frau umgirrt.
Und kriegt er nicht die eine, kommt die andere
angeschwirrt.
Daher der deutsche Mann denn stets befriedigt wird.
Hauptsache ist, daß sie bequem und sich gehorsam fügt.
Denn er ist Mann. Und das
genügt.

Der deutsche Mann
Mann
Mann –
das ist der unverstandene Mann.
Er flirtet nicht mit seiner Frau. Er kauft ihr doch den Hut!
Sie sieht ihn von der Seite an, wenn er so schnarchend ruht.
Ein kleines bißchen Zärtlichkeit – und alles wäre gut.
Er ist ein Beamter der Liebe. Er läßt sich gehn.
Er hat sie doch geheiratet – was soll jetzt noch geschehn?
Der Mensch, der soll nicht scheiden, was Gott zusammenfügt.
Er ist ein Mann. Und das
genügt.

DER MITESSER

Denen, die sich nicht getroffen fühlen

Er wohnt am Rand der reichen Leute,
verkehrt mit Adel und heißt Schmidt.
Den Schlips von morgen trägt er heute
und fährt in fremden Autos mit.
Er lebt in einem ihm fremden Stile –
Fauler Kopp!
Fauler Snob!
Aber davon gibts viele.

Er selbst hat nur ein kleines Zimmer,
als Untermieter bei Frau Schay.
Doch geht er aus, dann tut er immer,
als wär er aufgewachsen bei.
Von der Socke bis zum gescheitelten Haar:
es ist alles nicht wahr – es ist alles nicht wahr!

Er ist so gerne eingeladen:
er zeckt an Kaufmann und Bankier.
Er weiß, am Lido muß man baden,
er grüßt im Ritz den Herrn Portier.
Er nassauert elegant und beflissen
vor fremden Kulissen.

Was er auch hat, das hat er gratis.
Er läuft mit der Society.
Er kennt die feinsten Cocktail-Parties.
Nur seine Lage kennt er nie.
Bald kunstgewerblicher Friseur,
bald Redakteur ...
so sehn wir ihn gestern, morgen und heute:
ein Affe.
Ein Affe der reichen Leute.

DER PRIEM

Unter vielem Spucken zu singen

Es haben die Matrosen
wohl auf dem blauen Meer
nicht nur die weiten Hosen –
sie haben noch viel mehr.
Denn gibt es nichts zu rauchen,
weißt du, was sie da brauchen
bei Nacht und auch bei Tag?
Den Kautabak – den Kautabak –
ein kleines Stückchen Kautabak
von der Firma Eckenbrecht
aus Kiel.

Es heulen die Sirenen.
Die Braut in Tränen schwimmt.
Es schwimmt die Braut in Tränen,
wenn der Seemann Abschied nimmt.
Sie drücken sich die Hände;
dann gibt sie ihm am Ende
verschämt ein kleines Pack
mit Kautabak – mit Kautabak –
mit nem halben Pfündchen Kautabak
von der Firma Eckenbrecht
aus Kiel.

Da hinten liegt sein Kutter,
da hinten liegt sein Kahn.
Sie sagt, sie fühlt sich Mutter,
er sieht sie blöde an.
Er läßt sich von ihr kosen,
die Hände in den Hosen,
dann nimmt er einen Schlag
vom Kautabak – vom Kautabak –
ein kleines Stückchen Kautabak
von der Firma Eckenbrecht
aus Kiel.

Das Schiff fährt in den Hafen
wohl in Batavia.
Mit den Mädchen muß man schlafen,
wozu sind sie sonst da!
Die er geliebkost hatte,
liegt nackt auf einer Matte;
er holt aus seinem Pack
den Kautabak – den Kautabak –
ein kleines Stückchen Kautabak
von der Firma Eckenbrecht
aus Kiel.

Das Schiff tät nicht versaufen,
in Hamburg legt es an.
Marie mußt sich verkaufen
nachts auf der Reeperbahn.
Nun spürt der arme Junge
grad unter seiner Zunge
den bitteren Geschmack
vom Kautabak – vom Kautabak –
vom kleinen Stückchen Kautabak
von der Firma Eckenbrecht
aus Kiel.

Wie dem Seemann mit den Frauen,
uns gehts genau wie ihm.
Das Leben muß man kauen,
das Dasein ist ein Priem.
Es schmeckt dem Knecht und Ritter
mal süß und auch mal bitter . . .
Spuck ihn aus, wer ihn nicht mag!
Den Kautabak – den Kautabak –
das kleine Stückchen Kautabak
von der Firma Eckenbrecht
aus Kiel!

SIE, ZU IHM

Ich hab dir alles hingegeben:
mich, meine Seele, Zeit und Geld.
Du bist ein Mann – du bist mein Leben,
du meine kleine Unterwelt.
Doch habe ich mein Glück gefunden,
seh ich dir manchmal ins Gesicht:
Ich kenn dich in so vielen Stunden –
nein, zärtlich bist du nicht.

Du küßt recht gut. Auf manche Weise
zeigst du mir, was das ist: Genuß.
Du hörst gern Klatsch. Du sagst mir leise,
wann ich die Lippen nachziehn muß.
Du bleibst sogar vor andern Frauen
in gut gespieltem Gleichgewicht;
man kann dir manchmal sogar trauen ...
aber zärtlich bist du nicht.

O wärst du zärtlich!
Meinetwegen
kannst du sogar gefühlvoll sein.
Mensch, wie ein warmer Frühlingsregen
so hüllte Zärtlichkeit mich ein!
Wärst du der Weiche von uns beiden,
wärst du der Dumme. Bube sticht.
Denn wer mehr liebt, der muß mehr leiden.
Nein, zärtlich bist du nicht.

DAS LIED VON DER GLEICHGÜLTIGKEIT

Eine Hur steht unter der Laterne,
des abends um halb neun.
Und sie sieht am Himmel Mond und Sterne –
was kann denn da schon sein?
Sie wartet auf die Kunden,
sie wartet auf den Mann,
und hat sie den gefunden,
fängt das Theater an.
Ja, glauben Sie, daß das sie überrasche?
Und sie wackelt mit der Tasche – mit der Tasche,
mit der Tasche,
mit der Tasche –
Na, womit denn sonst.

Und es gehen mit der Frau Studenten,
und auch Herr Zahnarzt Schmidt.
Redakteure, Superintendenten,
die nimmt sie alle mit.
Der eine will die Rute,
der andre will sie bleun.
Sie steht auf die Minute
an der Ecke um halb neun.
Und sie klebt am Strumpf mit Spucke eine Masche ...
und sie wackelt mit der Tasche – mit der Tasche,
mit der Tasche,
mit der Tasche –
Na, womit denn sonst.

Und es ziehn mit Fahnen und Standarten
viel Trupps die Straßen lang.
Und sie singen Lieder aller Arten
in dröhnendem Gesang.
Da kommen sie mit Musike,
sie sieht sich das so an.
Von wegen Politike ...
sie weiß doch: Mann ist Mann.
Und sie sagt: «Ach, laßt mich doch in Ruhe –»
und sie wackelt mit der Tasche – mit der Tasche –

mit der Tasche –
mit der Tasche . . .
Und sie tut strichen gehn.
Diese Gleichgültigkeit,
diese Gleichgültigkeit –
die kann man schließlich verstehn.

EINE KLEINE GEBURT

Ich lebte mit Frau Sobernheimer;
sie war so lieb, sie war so nett.
Wir wuschen uns im selben Eimer,
wir schliefen in demselben Bett.
  So trieben wir es manches Jahr . . .
  Bis sie den Knaben mir gebar.

Doch dieser Knabe war kein Knabe.
Wir hatten in der dunklen Nacht
als Zeitvertreib und Liebesgabe
uns dieses Wesen ausgedacht.
  Frau S. war jeden Kindes bar.
  Der Knabe, der hieß Waldemar.

Und war so klug! – Nach fünfzehn Tagen,
gelebt im Kinderparadies,
da konnte er schon Scheibe sagen,
bis man ihm solches leicht verwies.
  Er setzte sich aufs Tintenfaß
  und machte meinen Schreibtisch naß.

Er wuchs heran, der Eltern Freude,
ein braves, aufgewecktes Kind.
Wir merkten an ihm alle beude,
wie süß der Liebe Früchte sind.
  Da fragte Mutti ganz real:
  «Was wird der Junge denn nun mal –?»

Hebamme? General? Direktor?
Bootlegger? Hirt? Ein Schiffsbarbier?
Verlorner Mädchenheim-Inspektor?
Biographist? Gerichtsvollziehr?
  Ein Freudenmännchen? Jubilar –?
  Uneinig war das Elternpaar.

Ein Krach stieg auf, bis zu den Sternen!
Frau S., die krisch. Die Türe knallt.
Sie wollt ihn lassen Bildung lernen,
ich aber war für Staatsanwalt.
  Ein Kompromiß nahm sie nicht an:
  im Kino, als Bedürfnismann.

Der Lümmel grölte in der Küche
und fand den Krach ganz wunderbar.
So ging die Liebe in die Brüche –
und alles wegen Waldemar?
    Da sprach ich fest: «Mein trautes Glück!
    Wir geben dieses Jör zurück!»

Gemacht.
            Nun ist Frau Sobernheimer
wie ehedem so lieb und nett.
Wir waschen uns im selben Eimer,
wir schlafen in demselben Bett.
    Und denken nur noch hier und dar
    mal an den seligen Waldemar.

BALLADE

Da sprach der Landrat unter Stöhnen:
«Könnten Sie sich an meinen Körper gewöhnen?»
Und es sagte ihm Frau Kaludrigkeit:
«Vielleicht. Vielleicht.
Mit der Zeit . . . mit der Zeit . . .»
Und der Landrat begann allnächtlich im Schlafe
laut zu sprechen und wurde ihr Schklafe.
und er war ihr hörig und sah alle Zeit
Frau Kaludrigkeit – Frau Kaludrigkeit!

Und obgleich der Landrat zum Zentrum gehörte,
wars eine Schande, wie daß er röhrte;
er schlich der Kaludrigkeit ums Haus . . .
Die hieß so – und sah ganz anders aus:
Ihre Mutter hatte es einst in Brasilien
mit einem Herrn der bessern Familien.
Sie war ein Halbblut, ein Viertelblut:
nußbraun, kreolisch; es stand ihr sehr gut.
Und der Landrat balzte: Wann ist es soweit?
Frau Kaludrigkeit – Frau Kaludrigkeit!

Und eines Abends im Monat September
war das Halbblut müde von seinem Gebember
und zog sich aus. Und sagte: «Ich bin . . .»
und legte sich herrlich nußbraun hin.
Der Landrat dachte, ihn träfe der Schlag!
Unvorbereitet fand ihn der Tag.
Nie hätt er gehofft, es noch zu erreichen.
Und er ging hin und tat desgleichen.

Pause

Sie lag auf den Armen und atmete kaum.
Ihr Pyjama flammte, ein bunter Traum.
Er glaubte, ihren Herzschlag zu spüren.
Er wagte sie nicht mehr zu berühren . . .
Er sann, der Landrat. Was war das, soeben?
Sie hatte ihm alles und nichts gegeben.
Und obgleich der Landrat vom Zentrum war,
wurde ihm plötzlich eines klar:
Er war nicht der Mann für dieses Wesen.

Sie war ein Buch. Er konnt es nicht lesen.
Was dann zwischen Liebenden vor sich geht,
ist eine leere Formalität.

Und so lernte der Mann in Minutenfrist,
daß nicht jede Erfüllung Erfüllung ist.
Und belästigte nie mehr seit dieser Zeit
die schöne Frau Inez Kaludrigkeit.

NUR

Dies singt eine Dame
im Dreivierteltakt

Manchmal auf Bällen und Festen
tritt in den Saal ein freundlicher Mann,
an Geist und Kultur von den Besten ...
und macht sich an die Frauen heran.
Doch schon nach wenigen Minuten
ist alles zersprungen wie Glas –
Von Geist keine Spur,
nichts mehr von Kultur:
    Nur – nur – das.

Berühmtheit ist ja kein Einwand
gegen Männer, die in den Filmen stehn.
Ich lüpfte neulich die Leinwand,
ich wollt mal einen näher sehn.
Ach, war das eine Enttäuschung!
Ich bekam einen kältenden Haß –
Von Herz keine Spur,
eine Karikatur ...
Und
    nur – nur – das.

Ich nahm den Tee und den Kuchen
in Berlin und Frohnau und mal hier und mal dort.
Nun, dacht ich, willst mal versuchen
eine Freundschaft mit einem Herrn vom Sport.
Der bricht das eigne Training –
auf wen ist denn heut noch Verlaß ...?
Von Hirn keine Spur,
eine hübsche Figur –
aber sonst
    nur – nur – das.

Wie kann man Frauen so verkennen?
Mein Gott, sie sind ja gar nicht so!
Gewiß, es will jede entbrennen ...
aber doch nicht stets und irgendwo!
Auf Harfen kann jedermann klimpern,
es fragt sich nur: Wer spielt – und was ...
Und spielt er dann nur
nach unsrer Natur –:
Dann gern
        auch das.

DANACH

Es wird nach einem happy end
im Film jewöhnlich abjeblendt.
    Man sieht bloß noch in ihre Lippen
    den Helden seinen Schnurrbart stippen –
    da hat sie nu den Schentelmen.
        Na, un denn –?

Denn jehn die beeden brav ins Bett.
Na ja ... diß is ja auch janz nett.
    A manchmal möcht man doch jern wissn:
    Wat tun se, wenn se sich nich kissn?
    Die könn ja doch nich imma penn ...!
        Na, un denn –?

Denn säuselt im Kamin der Wind.
Denn kricht det junge Paar 'n Kind.
    Denn kocht sie Milch. Die Milch looft üba.
    Denn macht er Krach. Denn weent sie drüba.
    Denn wolln sich beede jänzlich trenn ...
        Na, un denn –?

Denn is det Kind nich uffn Damm.
Denn bleihm die beeden doch zesamm.
    Denn quäln se sich noch manche Jahre.
    Er will noch wat mit blonde Haare:
    vorn doof und hinten minorenn ...
        Na, un denn –?

Denn sind se alt.
                Der Sohn haut ab.
Der Olle macht nu ooch bald schlapp.
    Vajessen Kuß und Schnurrbartzeit –
    Ach, Menschenskind, wie liecht det weit!
    Wie der noch scharf uff Muttern war,
    det is schon beinah nich mehr wahr!
    Der olle Mann denkt so zurück:
    wat hat er nu von seinen Jlück?
    Die Ehe war zum jrößten Teile
    vabrühte Milch un Langeweile.
Und darum wird beim happy end
im Film jewöhnlich abjeblendt.

CHANSON FÜR EINE FRANKFURTERIN

Für Ida Wüst

Wenn die alte Herrn noch e mal Triebe ansetze –
des find ich goldisch!
Wenn se dann nix wie Dummheite schwätze –
des find ich goldisch!
Des hab ich von meim alte Herrn:
ich hab halt die Alt-Metalle so gern . . .
Wenn ich en Bub geworde wär, hätt ich auch Metallercher verzollt –
Ja, Jaköbche . . .
Rede is Nickel, Schweige is Silber, und du bist mei Gold –!

Wenn se newe mir auf dem Diwan sitze –
des find ich goldisch!
wenn se sich ganz wie im Ernst erhitze –
des find ich goldisch!
E Angriffssignal is noch kein Siesch –
ich sag bloß: Manöver is doch kein Kriesch!
Wer will, hat schon fuffzig Prozent. No, un wer zweimal gewollt . . .
En Floh is kei Roß,
un e Baiss is kei Hauss . . .
un Rede is Nickel, Schweige is Silber, un du bist mei Gold –!

Wenn se sich de Hut schief auf de Seite klemme –
des find ich goldisch!
Wenn se die Ärmcher wie Siescher in die Seite stemme –
des find ich goldisch!
Am liebste nemm ich se dann auf den Schoß.
Aber mer hat sein Stolz. Es is kurios:
sei Mutter is net aus Frankfort. Er aach net. Und da hab ich net gewollt . . .
Jetzt waan net, Klaaner –
Berlin ist Nickel, Wiesbaden ist Silber, awwer Frankfort is Gold –!

LIED DER KUPPLERIN

Szene aus einer Revue von Alfred Polgar und Theobald Tiger

Suchen zwei
nachts um drei –
«Pst» mach ick – «hier is 'n Zimmer frei –!»
Treppe kracht,
in dunkler Nacht –
«He – fall mir keener in den Fahrstuhlschacht!»
Rin ins Zimmer.
Matter Schimmer.
Ick davor.
In 'n Korridor . . .
Jedoch:
Feiern die die Orchideen –
Ick stopp mein'n Mann seine Strümpe.
Ick will den Rummel jahnich sehn –
ick stopp bis frieh um fimfe.
Masochisten,
Homosexwalisten,
frisch jelehrje
Minderjährje
vaitressiern mir nich so sehr
als wie mein Mann seine Strümpe.

Ick sitz stur.
Manchmal nur
Schlägt in unsan Salon die Uhr.
Wäsche bauscht
sich – Wasser rauscht –
ick hör, wie eena Küsskens tauscht.
Da jehts hart auf hart . . .
Matratze knarrt.
Nebenbei
ein doller Schrei –!
na, na . . .
Ich gucke durch keen Schlüsselloch
Ick stopp mein Mann seine Strümpe.
Ick laß sie muddeln noch und noch –
ick stopp bis frieh um fimfe.
Junge Meise
Zittergreise –

Rennbanditen –
Transchvestiten –
lauter Bruch aus 'n Ausverkauf –
wie mein Mann seine Strümpe.

Jahr für Jahr –
det is klar –
horch ick, wat in die Stuben war.
Wie sie sich quäln,
und krakeehln –
mir kann keiner was erzähln.
Neulich kam vorbei
eener von die Polissei.
Und statt Platz zu nehm,
sagt er: «Sie solln sich was schäm –!»
Nanu –?
Ick bin eine brave Frau –
ick stopp mein Mann seine Strümpe.
Mit die Wirtschaft nehm icks ganz jenau –
ick stopp bis früh um fimfe.
Det Jelichter,
die Bühnendichter,
wat die da schreihm
von unsan Treihm –:
die ham ja keene Ahnung nich
von mein Mann seine Strümpe –!

CHANSON

Aus dem Ungarischen
Gesungen von Gussy Holl

Da ist ein Land – ein ganz kleines Land –
Japan heißt es mit Namen.
Zierlich die Häuser und zierlich der Strand,
zierlich die Liliputdamen.
Bäume so groß wie Radieschen im Mai.
Turm der Pagode so hoch wie ein Ei –
Hügel und Berg
klein wie ein Zwerg.
Trippeln die zarten Gestalten im Moos,
fragt man sich: Was mag das sein?
In Europa ist alles so groß, so groß –
und in Japan ist alles so klein!

Da sitzt die Geisha. Ihr Haar glänzt wie Lack.
Leise duftet die Rose.
Vor ihr steht plaudernd im strahlenden Tag
kräftig der junge Matrose.
Und er erzählt diesem seidenen Kind
davon, wie groß seine Landsleute sind.
Straße und Saal
pyramidal.
Sieh, und die Kleine wundert sich bloß –
denkt sich: Wie mag das wohl sein?
In Europa ist alles so groß, so groß –
und in Japan ist alles so klein!

Da ist ein Wald – ein ganz kleiner Wald –
abendlich dämmern die Stunden.
Horch! wie das Vogelgezwitscher verhallt ...
Geisha und er sind verschwunden.
Abendland – Morgenland – Mund an Mund –
welch ein natürlicher Völkerschaftsbund!
Tauber, der girrt,
Schwalbe, die flirrt.
Und eine Geisha streichelt das Moos,
in den Augen ein Flämmchen, ein Schein ...
In Europa ist alles so groß, so groß –
und in Japan ist alles so klein.

WENN DIE IGEL IN DER ABENDSTUNDE

Für achtstimmigen Männerchor

Wenn die Igel in der Abendstunde
still nach ihren Mäusen gehn,
hing auch ich verzückt an deinem Munde,
und es war um mich geschehn –
Anna-Luise –!

Dein Papa ist kühn und Geometer,
er hat zwei Kanarienvögelein;
auf den Sonnabend aber geht er
gern zum Pilsner in'n Gesangverein –
Anna-Luise –!

Sagt' ich: «Wirst die meine du in Bälde?»,
blicktest du voll süßer Träumerei
auf das grüne Vandervelde,
und du dachtest dir dein Teil dabei,
Anna-Luise –!

Und du gabst dich mir im Unterholze
einmal hin und einmal her,
und du fragtest mich mit deutschem Stolze,
ob ich auch im Krieg gewesen wär . . .
Anna-Luise –!

Ach, ich habe dich ja so belogen!
Hab gesagt, mir wär ein Kreuz von Eisen wert,
als Gefreiter wär ich ausgezogen,
und als Hauptmann wär ich heimgekehrt –
Anna-Luise –!

Als wir standen bei der Eberesche,
wo der Kronprinz einst gepflanzet hat,
raschelte ganz leise deine Wäsche,
und du strichst dir deine Röcke glatt,
Anna-Luise –!

Möchtest nie wo andershin du strichen!
Siehst du dort die ersten Sterne gehn?
Habe Dank für alle unvergesserlichen
Stunden und auf Wiedersehn!
    Anna-Luise –!

Denn der schönste Platz, der hier auf Erden mein,
das ist Heidelberg in Wien am Rhein,
    Seemannslos.
Keine, die wie du die Flöte bliese . . .!
Lebe wohl! Leb wohl.
    Anna-Luise –!

MAL SINGEN, LEUTE–!

Für Kate Kühl

Der Seemann schifft ins Meer hinaus,
ihm ist so leicht zu Sinn.
Marie weint sich die Augen aus –
er segelt rasch dahin.
Er sitzt in der Kombüse
und stochert im Gemüse.
und denkt sich: Wenns Marie nicht ist, na, dann ists eine Negerin . . .
Der hat
in jeder Stadt 'ne Braut –!
Die erste für die Seele,
die zweite fürs Gemüt;
die dritte wegen Hoppeldibopp –
auf Nacht, wenns keiner sieht!

Mein Freund, daß du geheirat hast,
das will mir gar nicht ein.
Dein Stück Malheur ist eine Last!
Komm, wirf sie in den Rhein!
Er sagt: «Ich wünscht, ich kann es!
Wem sagst du das, Johannes!
Ich denk so oft, wenn die Alte schnarcht: Ach, wär ich jetzt allein!»
Ich hätt
in jeder Stadt 'ne Braut –!
Die erste für die Seele,
die zweite fürs Gemüt;
die dritte für das Hoppeldibopp –
auf Nacht, wenns keiner sieht!

Mensch, unser Gustav Stresemann
das ist wohl ein Filou!
Er meiert sich bei jedem an
und singt was Schöns dazu.
Er steht am Wasserglase
und redet durch die Nase,
mal rechts durchs Loch, mal links durchs Loch – der Junge ist atout!
Der hat
in jeder Stadt 'ne Braut –!
Die erste für die Seele,
die zweite fürs Gemüt;
die dritte für das Hoppeldibopp –

auf Nacht, wenns keiner sieht!
Das macht der Reiz seines Angesichts!
Und die eine weiß von der andern nichts,
daß er ihr Programm geklaut!
In jeder Stadt
in jeder Stadt
in jeder Stadt 'ne Braut –!

AUF EIN FROLLEIN

Gott Amor zieht die Pfeile aus dem Köcher,
er schießt. Ich bleib betroffen stehn.
Und du machst so verliebte Nasenlöcher ...
Da muß ich wohl zum Angriff übergehn.

«Gestatten Sie ... !» Du kokettierst verständig.
Dein Auge prüft den dicken Knaben stumm.
Der ganze Kino wird in dir lebendig,
du wackelst vorn und wackelst hinten rum.

In deinem Blick sind alle Bumskapellen
der Sonnabendabende, wo was geschieht.
Ich hör dich Butterbrot zum Aal bestellen –
Gott segne deinen lieben Appetit!

Ich führ dich durch Theater und Lokale,
durch Paradiese in der Liebe Land;
du gibst im Auto mir mit einem Male
die manikürte, kleine, dicke Hand.

Aus weiten Hosen seh ich dich entblättern,
halb keusche Jungfrau noch und halb Madame.
Ich laß dich sachte auf die Walstatt klettern ...
Du liebst gediegen, fest und preußisch-stramm.

Und hinterher bereden wir im Dunkeln
die kleinen Kümmernisse vom Büro.
Durch Jalousien die Bogenlampen funkeln ...
Du mußt nach Haus. Das ist nun einmal so.

Ich weiß. Ich weiß. Schon will ich weiterschieben –.
Ich weiß, wie die berliner Venus labt.
Und doch: noch einmal laß mich lieben
dich
wie gehabt.

ABSCHIEDSGESANG

Dies siehst du häufig auf den Straßen:
Im Auto vor den Sektterrassen
schwimmt mild ein Fettkloß in dem Wagen –
Beruf: Nie sollst du mich befragen.
Der Motor surrt. Das Fett, es zittert.
Sieh da: es hat sich ausgewittert
mit Bolschewismus, mit Verträgen –
es wird sich alles wieder legen.
Der Dicke strahlt. Er ist der Alte ...
    Der ganze Bauch ist eine Falte!

Und kennst du seine Weiblichkeiten?
Wer wagt, den Liebreiz zu bestreiten
der jungen Mädchen aus dem Osten,
indem, daß sie so ville kosten?
«Der Stein is Tineff!» haucht sie lind.
«Und der – der will mein Schklave sind?»
Als deiner anderswo gefeiert,
mein Kind, hast du dich entgeschleiert,
so tief, daß ich nach hinten prallte ...
    Der ganze Bauch war eine Falte!

Und das soll alles ich verlassen?
Berlin – ich kann es noch nicht fassen!
Du süße Stadt – ich komme wieder
und pfeif aufs neue deine Lieder.
Inzwischen, Liebste, laß mich gehn,
bleib hübsch gesund und laß mir stehn
die Lektrische, die Schutzmannschaft,
den Reichstag, die Germanenkraft,
die Kinos und die Landgerichte,
die Presse mit dem Weisheitslichte.
        Ich ab.
Und griene: «Daß dich Gott erhalte –!»
    Der ganze Bauch ist eine Falte.

LÖWENLIEBE

Als jener junge Schopenhauer
am Löwenkäfig in Berlin
der gelben Bestien Wollustschauer
sah stumm an sich vorüberziehn –

da schrieb er auf in seinem Büchlein:
«Der Löwe liebt nicht vehement.
Von Leidenschaft auch nicht ein Rüchlein;
der schwächste Mann scheint mehr potent.»

Der Wille macht noch kein Gewitter.
Gehirn! Gehirn gehört dazu.
Der muskelstarke Eisenritter
gibt bald im Frauenschoße Ruh.

Du liebst. Und heller noch und wacher
fühlt dein Gehirn und denkt dein Herz.
Der Phallus ist ein Lustentfacher –
du stehst und schwingst dich höhenwärts.

Du liebst. Wo andre dumpf versinken,
bist du erst tausendfältig da.
Laß mich aus tausend Quellen trinken,
du Venus Reflectoria –!

Berauscht – ach, daß ichs stets so bliebe!
Getönt, bewußt, erhöht, gestuft –
Das ist die wahre Löwenliebe.
Du Raubtierfrau!
Es ruft. Es ruft.

DIE DAME MIT 'N AVEC

Alle könn sie mir, könn sie mir, könn sie mir!
Huch, die Männer!
Sie sind alle hier, alle hier, alle hier
nischt wie Penner!
Erst da tun sie mächtig fein,
laden mich zum Abend ein.
Und ich kann mich dann nicht halten,
seh ich des Monokels Glanz –:
sag den Jungen und den Alten
grad heraus beim Foxtrott-Tanz:
«Ich hab nu mal den Schwung
ins Ordinäre!
Ick bin die richtige
berliner Beere!
Und bei der Liebe hopps ick jrade wie bein Zeck
nur übern Rinnstein, Rinnstein, Rinnstein
mit 'n Avec!»

Uffn Koppenplatz, Koppenplatz, Koppenplatz
lief ick lange.
Mitn Sabberlatz, Sabberlatz, Sabberlatz –
'ck wah 'ne Range –!
Und mit vierzehn Jahren schon
ging ich bei die Konfektion.
Das war eine feine Lehre
in dem großen Modenhaus;
und ich machte rasch Karriere,
aber manchmal kommt es raus – –
Ich hab nu mal den Schwung
ins Ordinäre!
Ick bin die richtige
berliner Beere!
Und bei der Liebe hopps ick jrade wie bein Zeck
nur übern Rinnstein, Rinnstein, Rinnstein
mit 'n Avec!

Fahr ick viere lang, viere lang, viere lang
Eklipage,
sitz ich ersten Rang, ersten Rang, ersten Rang
in Kleidage:

Alle Leute drehn sich rum –
Donner! die ist gar nicht dumm!
Züngelnd sitzt bei mir mein Hündchen.
Autsch! wie mein Brillantschmuck blitzt –
Aber spitze ich mein Mündchen,
weißte gleich, wer vor dir sitzt –!
Ich hab nu mal den Schwung
ins Ordinäre!
Ick bin die richtige
berliner Beere!
Und bei der Liebe hopps ick jrade wie bein Zeck
nur übern Rinnstein, Rinnstein, Rinnstein
mit 'n Avec!

SIE SCHLÄFT

Morgens, vom letzten Schlaf ein Stück,
nimm mich ein bißchen mit –
auf deinem Traumboot zu gleiten ist Glück –
Die Zeituhr geht ihren harten Schritt ...
pick-pack ...

«Sie schläft mit ihm» ist ein gutes Wort.
Im Schlaf fließt das Dunkle zusammen.
Zwei sind keins. Es knistern die kleinen Flammen,
aber dein Atem fächelt sie fort.
Ich bin aus der Welt. Ich will nie wieder in sie zurück –
jetzt, wo du nicht bist, bist du ganz mein.
Morgens, im letzten Schlummer ein Stück,
kann ich dein Gefährte sein.

AN IHR

Auf deinen großen Füßen, Ernestine,
Führ ich dich auf den neuen Presseball.
Du trägst Chiffon. Und deine Fragemiene
Ist überall.

«Der Legationsrat?» – Ja, mein Kind, das ist er!
«Du, der da? mit dem goldenen Knopflochdings?
Und, Theo, wo – wo tanzt der Herr Minister?»
Von rechts nach links.

«Und, Theo, ist die Presse auch am Platze?»
Ja, Kind – der Handelsteil steht am Balkon.
Da die Kritik – und der da, mit der Glatze –
Das ist das Feuilleton!

«Und, Theo, kommt der Film auch in den Saal hin?
Auf Conny Veidt bin ich ganz scharf und toll!»
Pst! Nicht so laut! Da steht doch die Gemahlin:
Die Gussy Holl!

So muß ich dich belehren, liebste Perle.
Und voller Neugier siehst du manch Gesicht.
Ach, Ernestine – du liebst lauter fremde Kerle –
Nur Tigern nicht.

GUTE NACHT!

Ich geh mit meinen Wanzen schlafen,
rotbraun und platt.
Quartiert bin ich bei einem Grafen,
der viele hat.

Des Nachts, wenn alle Sterne funkeln,
dann ziehen still
die fleißigen Scharen hin im Dunkeln,
wie Gott es will.

Sie kommen aus den schmalen Ritzen,
aus dem Parkett;
die feinern aber fastend sitzen
des Tags im Bett.

Sie pieken mich. Es schwillt zu riesigen
Fleischklümpchen an, was sie gepackt;
das macht die Beißekunst der Hiesigen –
die sind exakt.

Sie pieken mich. Es juckt. Zum Glücke
ist morgen alles wieder rein.
Und wenn ich eine sanft zerdrücke,
gedenk ich dein.

AN DIE MEINIGE

Legt man die Hand jetzt auf die Gummiwaren?
Erinnre, Claire, dich an deine Pflicht!
Das geht nicht so wie in den letzten Jahren:
Du bist steril, und du vermehrst dich nicht!

Wohlauf! Wohlan! Zu Deutschlands Ruhm und Ehren!
Vorbei ist nun der Liebe grüner Mai –
da hilft nun nichts: du mußt etwas gebären,
einmal, vielleicht auch zweimal oder drei!

Wir Deutschen sind die Allerallerersten,
voran der Kronprinz als Eins-A-Papa.
Der Gallier faucht – wir haben doch die mehrsten,
und hungern sie, mein Gott, sie sind doch da!

Denn sieh: die Babys brauchen Medizinen
und manchmal auch ein weiß Getöpf aus Ton,
Gebäck, das Milchgetränk – man kauft es ihnen,
und dann vor allem, Kind, die Konfektion!

Und wer soll in des Kaisers Röcken dienen,
umbrüllt vom Leutnant und vom General?
Stell du das her: es muß nur maskulinen
Geschlechtes sein – der Schädel ist egal.

Ins Bett! Hier hast du deine Wickelbinden!
Schenk mir den Leo nebst der Annmarei!
Und zählt man nach, wird man voll Freude finden
sechzig Millionen, und von uns
die zwei!

REVUE

Die Weiblichkeit laß ich vorüberrauschen,
Hilfsdienstmutwillige, Mädchen aus dem Land –
dem Schlagen eines Herzens will ich lauschen –
gib mir die Hand!

Ja, aber wer? In diesen Menschenwogen
schwimmt Tinchen, klein und blond, hin und zurück;
zwei linke Beine, zart und sanft gebogen –
ist das das Glück?

Wie ists mit der? Gott Eros schwingt die Fackel,
die Stangen des Korsettes krachen leis,
die kurzen Finger ziehn an einem Dackel –
ein Traum in Weiß.

Und du? in schwärzlich finstrer Reife,
die Schatten dunkler Stunden im Gesicht?
Es gibt noch Menschen, die besitzen Seife –
du hamsterst nicht.

Ich denk an die gnädige Frau.
                                        In Terzen
pfeif ich vergnügt: Mimi! von diesen Kindern keins.
Mein Wappenspruch, du Wort nach meinem Herzen:
    Jeder seins!

SEXUELLE AUFKLÄRUNG

Tritt ein, mein Sohn, in dieses Varieté!
Die heiligen Hallen füllt ein lieblich Odium
von Rauchtabak, Parfums und Eßbüffé.
Die blonde Emmy tänzelt auf das Podium,
der erste und der einzige Geiger schmiert ‹Kollodium›
auf seine Fiedel für das hohe C . . .
So blieb es, und so ists seit dreißig Jahren –
drum ist dein alter Vater mit dir hergefahren.

Sieh jenes Mädchen! Erster Jugendblüte
leichtrosa Schimmer ziert das reizende Gesicht.
So war sie schon, als ich mich noch um sie bemühte,
und wahrlich: ich blamiert mich nicht!
Siehst du sie jetzt, wie sie voll Scham erglühte?
Was flüstert sie? «Det die de Motten kricht . . .!»
Wie klingt mir dieser Wahlspruch doch vertraut
aus jener Zeit, da ich den Referendar gebaut!

Sei mir gegrüßt, du meine Tugendlilie,
du altes Flitterkleid, du Tamburin!
Nimm du sie hin, mein Sohn – es bleibt in der Familie –
und lern bei ihr: es gibt nur ein Berlin!
Nun aber spitz die Ohren, denn gleich singt Ottilie
ihr Lieblingslied vom kleinen Zeppeliihn . . .
Kriegst du sie nicht, soll dich der Teufel holen!
Verhalt dich brav – und damit Gott befohlen!

DAS WELTWORT

Es gibt in allen Sprachen ein Wort,
das geht von Mund zu Munde;
es pflanzt sich durch die Lande fort,
und überall machts die Runde.
Es war einmal gewiß kein Feingut,
doch nach dem Kriege wurd es Allgemeingut.
    Weil ich ein feiner Knabe bin –:
    wie sag ichs meiner Leserin,
    so, daß ich doch gesittet bleibe ...?
    Vielleicht:
                                Ja, Scheibe –?

Herr Sternheim ist so mächtig eitel –
er wünscht sich Rosen auf den Schei –
                                Ja, Scheibe.

Willst du hier eine Ehe trennen,
so mußt du einen Grund benennen;
drei Männchen in Talarverkleidung,
die wühlen im Morast der Schei –
                                Ja, Scheibe.

Daß Deutschland militärisch bleibe,
schießt jeder Stahlhelmfritze nach der Schei –
                                Ja, Scheibe.
(Schießscheiben stehen aller Enden,
dies Wort ist nur mit Vorsicht zu verwenden.)

Auf daß er seine Frau in Seide lege,
kratzt mancher Arzt manchmal am Schei –
                                Ja, Scheibe.

Das Kabinett? Mir scheint, als ob mir schiene:
sie machten Wahlen gegen die Marine,
dann fallen sie um und willigen für nen Kreuzer ein.
Das ist des Müllers Lust. Wie oft trügt doch der Schei –
                                Ja, Scheibe.

In allen Sprachen gibt es dies Wort,
das geht von Mund zu Munde;
es pflanzt sich durch alle Länder fort
und überall macht es die Runde.
Es paßt auf alles in der Welt . . .
nur ein Ding gibts, das nicht darunter fällt.
    Dies Ding – ein jeder Kenner siehts –
    ist unsere deutsche Strafjustiz,
    Denn die – mit ihrem Riesenfleiße –
    die letzte Zeile fehlt.

Ich weisse, was ich weisse.

KINO-ATELIER

Da vorne klemmt ein Jraf sich das Monokel
platt ins Gesicht – die Bogenlampe zischt.
Ein Gazefräulein steht auf einem Sockel –
der dicke Regisseur brüllt: «Das is nischt!»

Zweihundertvierzig Mädchen trippeln zierlich
auf einer Treppe, steil bis unters Dach –
Ein kleines dickes Baby schluckt manierlich
die Milch –
der Chef macht mit der Diva Krach.

In dieser Ecke stößt ein Intrigante
dem Helden – brr! – das Messer in den Bauch.
In jener Ecke spritzt die gute Tante
der böse Neffe mit dem Gartenschlauch.

Die Dirne lümmelt sich an ihren Buhlen.
Der Herr Beleuchter macht sich nichts daraus
und knipst behufs Erzeugung einer schwulen
Verführungsszene eine Lampe aus.

Und wenn ich mir dies Atelier bekieke,
voll Kitsch und Lärm und Rummel, Schmerz und Spaß –:
dann seh ich vor mir unsre Politike.
Da spielt auch jeder nur die eigene Musike –
und an das Ganze denkt kein Aas.

AN IHREN PAPA

Amici! Plaudite! – Die bunten Bänder
und Wimpel flattern froh im Wind!
Wie danke ich dir gütigem Spender
für dieses Kind! –

Du würdiger Greis – vor so und so viel Jahren
erzeugtest dus in einer Nacht . . .
Ich weiß, daß dies bei ungebleichten Haaren
schon Mühe macht.

Und du, im rüstigen Mannesalter,
du produziertest dies *bébé* –
ein Frauenseufzer . . . leis verhallt er . . . –
Dir Evoë! –

Dir Evoë! – Ich gratuliere!
Dein denk ich, Autor, ist sie da –
Dein denk ich, wenn ich kokettiere –
Grüß Gott, Papa!

SCHWERE ZEIT

Die Jungfrau in der Nebenstuben –
ich frage mich, was tut sie nur?
Ich hör die Stimme eines Buben –
so spät am Abend? Um elf Uhr?

Wie er mutiert! Und ihre Stimmen
verklingen sacht – sie murmeln leis.
Bin ich der Zeuge einer schlimmen
Verbrechertat? Wer weiß! wer weiß!

Sie spricht ihm gütig zu. Belehrend
ertönt ihr lieblicher Sopran.
Er lacht: «Jawohl!» Dies ist erschwerend!
Was wird dem Knaben nur getan?

Sind das nicht halberstickte Küsse?

Ich frag sie später, was sie treibt . . .
Sie sagt: «Die geistigen Genüsse,
sie bringen nichts als Kümmernisse.
Es ist das einzige, was mir bleibt!»

PERSISCH

Omar Chab, der Hofflötiste,
auf dem Markt zu Teheran,
steht auf einer Eierkiste,
stimmt die neue Sure an:
    Oh kaleika, leika, leika –
    Oh kaleikalé –
    Oh kaleika, leika, leika –
    piddljué-éeeeeh! –

Und das Volk tanzt ganz begeistert
(wie es Brauch) auf einem Bein;
Forscher, die gefühlsbekleistert,
schreiben es in Bücher ein:
    Oh kaleika, leika, leika –
    Oh kaleikalé –
    Oh kaleika, leika, leika –
    piddljué-éeeeeh! –

Theobald, der dies gelesen,
kriecht bei Clairen tief herein –
wo er einst entzückt gewesen,
bläst er nunmehr tief und fein:
    Oh kaleika, leika, leika –
    Oh kaleikalé –
    Oh kaleika, leika, leika –
    piddljué-éeeeeehh! –
        Tje . . .

NICHT! NOCH NICHT!

Ein leichter Suff umnebelt die Gedanken.
Verdammt! Der Frühling kommt zu früh.
Der Parapluie
steht tief im Schrank – die Zeitbegriffe schwanken.

Was wehen jetzt die warmen Frühlingslüfte?
Ein lauer Wind umsäuselt still
mich im April –
die Nase schnuppert ungewohnte Düfte.

Du lieber Gott, da ist doch nichts dahinter!
Und wie ein dicker Bär sich murrend schleckt,
zu früh geweckt,
so zieh ich mich zurück und träume Winter.

Ich bin zu schwach. Ich will am Ofen hocken –
die Animalität ist noch nicht wach.
Ich bin zu schwach.
Laternenschimmer will ich, trübe Dämmerung und
dichte Flocken.

Macht unsre Bücher billiger! ...

DEUTSCHER ABEND

Nun gönnt die Firma stillen Abendfrieden
dem Arbeitsmann, den Mädels, dem Kommis –
nun sitzt ganz Deutschland um den runden, lieben
gedeckten Tisch und sieht aufs Visavis.

Da liegt das Land: ganz schwarz und blau und dunkel.
Es klirrt der Wind im Telegrafendraht.
Ein gelbes Fenster grüßt dich mit Gefunkel:
hier spielt der Förster seinen Dauerskat.

Man hebt die Zeitung, läßt sie wieder sinken,
die Welt, ihr Lieben, geht den alten Lauf –
hieraufbezüglich kann man einen trinken,
die Pfeife qualmt, nun steigt der Mond herauf.

Und hundert Mimen spreizen ihre Glieder,
und hundert Bürger füllen sich mit Bier ...
Und hundert Mädchen summen kleine Lieder,
denn morgen, morgen muß er fort von hier.

O Herr, so wie wir hienieden krauchen,
so segne Land und Leute und Kompott.
Verlaß dich drauf: wir könnens brauchen,
wir könnens brauchen, lieber Gott!

AUF URLAUB

Die Residenz!
Gu'n Tag, du Metropole!
Da ist auch schon der Alexanderplatz ...
Verstatte, daß ich mich das Schneuztuch hole,
das Herz schlägt stürmisch unterm Busenlatz.
Du gute Spree mit dem geduldigen Rücken,
der Ruderklubs und der Mamsells Entzücken –
ich seh dich still und mächtig dreckig ziehn ...
Berlin!

Die Weiche knackt. Der Zug zischt an den Hallen
der Stadtbahn lang. Da liegt der dicke Dom.
Die pfui! die Friedrichstraße will mir recht gefallen,
am Charitéhaus grünt ein Appelboom.
Die Völker auf den Straßen sind nicht ohne:
dem Gang nach lauter Jrafens und Barone.
Es riecht nach Geld. Prozente, Mensch, verdien!
Berlin!

Charlottenburg. Da steht die lange Claire,
den Bastard meiner Liebe an der Hand.
Ob auch die Rationierung an uns zehre –
der Knochenbau hält allen Feinden stand.
Das wird die rechte Wiedersehensfeier!
Ich hab (im Rucksack) fünfundsiebzig Eier –
Da hält der Zug! Die Kümmernisse fliehn ...
Berlin! Berlin!

AN EINE MARIE VOM LANDE

Marie — Du ringst die derben Hände:
«Du Sündenbabul! Pfui Berlin!»
So streust Du über das Gelände
den Dung und die Entrüstung hin.
So geußest Du ob dem gewellten
Asphaltreich den Kritikbericht . . .
Marie — es dürfen viele schelten!
Du nicht!

Bedenk, wir könnten Dir erschließen,
wie bei Dir draußen auf dem Land
— dem rechts der Elbe — Preise sprießen,
die vormals dort kein Mensch gekannt.
Wir könnten Dir so manches zeigen
von Polenarbeit, Menschenpflicht . . .
Es ist jetzt Krieg — und wir, wir schweigen.
Du nicht.

Wir sind durchaus nicht so begeistert,
von allem, was die Panke beut:
der Schieber, der die Wechsel meistert,
die Dame, die den Schieber freut;
das Kino-Café gegenüber,
der Händler, den der Hafer sticht . . .
Es gibt ja manche, die stehn drüber.
Du nicht.

Hör auf, uns sauer anzumucken —
bei uns hast Du damit kein Glück.
Man kann zwar leicht nach unten spucken,
nach oben nicht — das fällt zurück.
Hier ziehts! Du kannst Dich leicht erkälten —
und Du stehst selber vor Gericht.
Marie — es dürfen viele schelten!
Du nicht!

BUND DER LANDWIRTE

Des Morgens speit er auf die Berolina,
des Abends macht er sichs bei ihr bequem;
auf seiner Klitsche geht er mit die Hihna
zu Bett – und hier mit anderswem.

Und in den Sektlokälern stellen
sie sich wie Eichen auf, so fest und stark:
«Wat, Kuhlow, det sinn hier Marjellen?
Und Rasse ham se . . .!» (Zwanzig Mark.)

Am nächsten Morgen sitzt er, stramm gerötet
und gut rasiert (die Äuglein noch verklebt),
im Zirkus, wo man seine Feinde tötet –
«Die roten Juden!» – und die Sitzbank bebt.

Der ganze Stall scharrt stürmisch mit den Hufen,
es schnaubt und wiehert jeder dicke Gaul,
und alles glotzt von jenen Zirkusstufen
dem alten Schimmel Oldenburg ins Maul.

. . . Des Morgens speit er auf die Berolina,
des Abends greift er ihr ans volle Bein.
Und das sind unsre Herrscher und Verdiener . . .
Ich bin ein Preuße, will ein Preuße sein!

1767

HOME, SWEET HOME

Berliner Muse mit den runden Hüften,
den Tuchgamaschen und dem Samtbarett,
umgaukle du mich in den staubigen Lüften:
Komm, Göttin, sei mal nett!

Hier auf dem Rathausturm ists windig, Muse,
der kalte Zug reißt mir die Leier weg –
begleite mich, mein süßes Kind, halt du se:
Ich singe so freiweg.

Da liegt die Stadt – nur schön bei Regenstürmen –
teils an der Panke und teils an der Spree,
mit Synagogenkuppeln, Kirchentürmen
und einem Tanzpaleeh.

Und was da längs des grünen Bäumewalles
so gülden gleißt (ich weiß nicht, ob dus kennst):
das ist der Reichstag – doch es ist nicht alles
hienieden Gold, was glänzt.

In jener Gegend wohnt die große Presse –
sie macht erst unsre Zeit in Wort und Bild:
dort sättigt der Berliner sein Interesse,
nervös und injebildt.

Da hinten rechts, in jener dunstigen Weite,
liegt der Komödienhäuser dichter Hauf –
und gehn sie alle, alle langsam pleite:
dann macht man neue auf.

Und, siehst du, hier verbringt man so sein Leben.
Da draußen rauschen Wälder, Wolken ziehn –
Wir passen auf, was sie für Possen geben,
und wie sie vor den Uniformen beben! –
O du mein Heimatland, du mein Berlin!

MISSACHTUNG DER LIEBE

Ach, Tante Julla, du in Neu-Ruppin
liest schaudernd von berliner Scheußlichkeiten,
und wie die Damen ihre Glieder spreiten,
und denkst: Dies Sündenbabylon Berlin!
    Und deine Äuglein öffnen sich in Lüsten,
    weil deine Kaffeeschwestern gerne wüßten
    von einem Paar, gelagert Bein an Bein . . .
        Wie mag das sein?

Ach, Tante Julla – komm mal an die Spree.
Und sieh dir dieses Wogen aus der Nähe,
ganz aus der Nähe an, wie ich es sehe.
Und denk dir nur ein Chambre séparée.
    Sie quietscht. Der Kellner schummelt. Dünne Geigen
    verleiten sie, sich ziemlich ganz zu zeigen.
    Ein Mieder noch und noch ein Brüstchenlein . . .
        Was kann da sein –?

Ach, Tante Julla – wir sind nicht blasiert.
Und doch: wie eng ist dieser Markt der Liebe!
Der liebt die Knaben, jener schätzt die Hiebe,
und der ist nur von Zöpfen enchantiert.
    Die Themis bullert mit Moralgesetzen.
    Man muß Erotik nicht so überschätzen.
    Bleib nur in deinen bürgerlichen Träumen,
    du hast hier nämlich gar nichts zu versäumen.
    Bleib, Tante Julla, in dem Stübchen klein –
        Was kann da sein –?
            Was kann da wirklich sein –?

DER VERRUTSCHTE HUT

Wenn eine Dame nachts allein mit einem Mann im Auto nach Hause fährt, hat sie sich die Folgen selber zuzuschreiben.
Aus der Urteilsbegründung eines berliner Schöffengerichts

Was ein berliner Kavalier ist,
der bringt — ist die Gesellschaft aus —
und wenn es morgens früh um vier ist,
die Dame, welche . . . stets nach Haus.
Im Auto soll man Bande knüpfen.
Das muß so sein und hebt den Herrn.
Der Name ‹Schlüpfer› kommt von: schlüpfen.
Er glaubt: die Frauen haben das gern . . .
Das wollen sie aber gar nicht!
Das mögen sie aber gar nicht!
Das tut ihnen gar nicht gut!
Wie kommen sie denn nun nach Haus?
«Und wie seh ich überhaupt jetzt aus?
— und einen ganz verrutschten Hut!»

Es erben sich Gesetz und Rechte
wie eine ewige Krankheit fort.
Er meint, wenn er das nicht vollbrächte,
dann sei er kein mondäner Lord.
Er muß. Teils gnädig und teils müde
und überhaupt, weils dunkel ist.
«Ach, der Chauffeur . . . sei doch nicht prüde . . .!»
Ein Mann ist stets ein Egoist.
Sein Motor will auf Touren laufen.
Die Frau braucht Zeit. Es saust die Fahrt.
Sie will nicht um die Liebe raufen:
Haare apart und Bouletten apart.
Doch jener wird gleich handgemein.
Jetzt oder nie . . .! Die Hand ans Bein . . .
Das wollen sie aber gar nicht!
Das mögen sie aber gar nicht!
Das tut ihnen gar nicht gut!
Berliner Autoliebe stört.
Immer hübsch alles, wos hingehört —
ohne verrutschten Hut —!

1967

SAISONBEGINN

Nun schnüren sich die Musen in ihr Mieder.
Auf neu gebügelt wird der Kintop-Beau.
Sogar den alten Holzbock kitzelts wieder –
Rideau!
Rideau!

Es tauchen auf die ältsten braven Possen.
Vor jeder Bude gibts ein Mordsgeschrei.
Der Kritiker bei Ullstein, Scherl und Mossen
spitzt Ohr und Blei.

L. Fulda und der Knabe Hasenschiller,
sie schreiben monatlich ein neues Stück;
schon sitzen beide je in einer Villa –
ein Glück! ein Glück!

Beim Kino rast die Hausse in den Kassen.
Ich hoff, wenns wieder mal im Lande kracht,
daß die Regie bei den Verschwörermassen
Herr Lubitsch macht.

Schon steht der Inspizient an den Kulissen.
Die Orska bibbert: «Gredchen lahst mich sain!»
Die Rolle nimmt sich doch als fetten Bissen
das Pfräulein Pfein.

Thalia tingelt froh in jeder Scheune.
Ihr lieben Leute des Theaterbaus!
Gemach, gemach! Und denkt stets dran: Nach neune
ist alles aus . . .!

BEROLINA . . . CLAIRE WALDOFF

Bei mir – bei mir –
da sind sie durchgezogen:
die Lektrischen, der Omnibus, der Willy mits Paket.
Und eh – se hier
schnell um de Ecke bogen,
da ham se 'n kleenen Blick riskiert, ob SIE noch oben steht.
Nu stelln die Hottentotten
mir in ein Lagerhaus;
ick seh mank die Klamotten
noch wie Brünhilde aus . . .
Ick stehe da und streck die Hand aus –
der Alexanderplatz, der is perdü!
Ick seh noch imma 'n Happen elejant aus,
Ick hab nur vorne hab ick zu viel Schüh . . .!
Ick laß se alle untern Arm durchziehn –:
ick bin det Wappen von die Stadt Berlin –!

Bei mir – bei mir –
da denk ick: Nu verzicht ich!
Mit meine Würde paß ick nich – in den modernen Schwof.
Denn fier – Berlin
da war ick jrade richtich:
pompös, verdreckt un anjestoobt und hinten 'n bisken doof.
Nu blasen die Musieker,
geschieden, das muß sein . . .
sogar die Akademieker,
die setzen sich für mir ein . . .
Ich stehe da und streck die Hand aus;
der Alexanderplatz, der is perdü!
Ick seh noch alle Tage elejant aus –
ick hab nur vorne hab ick zu viel Schüh!
Nu muß ick jehn. Nu wert a balde lesen:
Mir hamse injeschmolzn. Laßt ma ziehn!
Ick hab euch jern. Es wah doch schön jewesen:
als Wappen von die olle Stadt Berlin –!

TRÄUMEREI AUF EINEM HAVELSEE

Ich bin Prokurist einer Wäschefabrik,
Sternberg, Guttmann & Sohn.
Mein Segelboot heißt ‹Heil und Sieg›,
zwei Stunden lieg ich hier schon
und seh auf die Kiefern und in das Wasser hinein –
auf meinem Boot ganz allein.

Urlaub hatte ich im August,
ich war in Norderney,
mit Lilly ... ihre linke Brust
sieht aus wie ein kleines Ei.
Wenn man sie da kneift, dann wird sie gemein –
auf meinem Boot ganz allein.

Graske ist ein gemeiner Hund,
ein falsches Aas – er tut bloß so ...
er weiß, der Alte ist nicht ganz gesund;
wenn mans merkt, bleibt er länger im Büro.
Und dem Junior kriecht er jetzt auch hinten rein –
auf meinem Boot ganz allein.

Mutter wird alt. Wie alt ... warte mal:
vierundsechzig, nein: achtundsechzig, genau.
Grete soll ganz still sein; sie pöbelt mit ihrem Personal
wie eine Schlächtersfrau.
Ich frage mich: muß eigentlich Verwandtschaft sein?
auf meinem Boot ganz allein.

Ich habe es schließlich zu was gebracht,
ich geh auf den Presseball;
auf Reisen fahr ich Zweiter; die Jacht
hier hieß früher ‹Nachtigall›.
Quatsch. Jetzt heißt sie richtig. Manchmal lade ich Willi und Ottmar ein –
nein, Ottmar nicht, der hat mich bei den jungen Aktien
nicht mitgenommen – schließlich werd ich dem Affen doch
nicht nachlaufen, das hab ich nicht nötig; stehen jetzt 192,
193 ... wo ist denn die Zeitung? –
auf meinem Boot ganz allein.

Das ist meine liebste Erholungszeit,
auf meinem Boot ganz allein.

Kein Mensch ist zu sehen weit und breit –
    kann man einsamer sein?
Eine Welle gluckst. Ich bin einsam. Zwar
    die Inventur beginnt morgen,
und wie die Sirenen mit schwimmendem Haar
    ziehn im See meine Sorgen:

Lilly, Mama und die Wäschefabrik,
die Reparatur von ‹Heil und Sieg›,
Graske und Ottmar, der Egoist;
wer im Silbenrätsel ‹Fayence-Maler› ist –;
der Krach mit dem Chef von der Expedition;
die Weihnachtsgratifikation –
sonst aber schwimme ich hier im märkischen Sonnenschein –
    auf meinem Boot ganz allein.

«Mit dir – mit dir – möcht ich mal sonntags angeln gehn –
Yes, Sir, that's my baby!
Mit dir – mit dir – da denk ich mir das wunderschön! –
I wonder, where my baby is to night –»
Junge Rechtsanwälte biegen sich im Boston –
dies Mädchen ist nicht von hier; die ist aus dem Osten!
Kleine Modezeichner schlenkern viel zu viel mit die Beine –
ein dubioser Kerl tanzt im Rund seinen Charleston alleine.
Der Saal kocht in Farben, Musik, Lärm, Staub und Gebraus –
die Frauen schwimmen im Tanzmeer, das spült sie aus den Logen heraus –
In dreißig Sälen dieselben schwarzen Jüdinnen, in Silber eingewickelt wie die Zigarren, beturbant; dieselben Melodien...
Heute nacht tanzen sechzigtausend Menschen in Berlin.

«Wo
sind deine Haare –
What did I kiss that girl,
du mußt nach Berlin,
Barcelona – Parlez-vous français?»
In allen Ateliers näseln die Grammophone;
weinrot stehn die Lampions in der grauen Luft – die Frau ist gar nicht so ohne –
Kein Licht machen! Treten Sie nicht auf die Paare!
Wo sind deine Haare –?
August...
Jetzt sinkt das Fest sachte zu Boden wie ein müdes Blatt,
Gehst du schon? Wohl dem, der jetzt eine bunte kleine Wohnung hat.
In allen nächtlichen Hauswürfeln dieselben Neckrufe, Gelächter, ratschenden Nadeln, Seufzer, feinen Melancholien.
Heute nacht tanzen sechzigtausend Menschen in Berlin.

Sachliche Liebe, die du mit ohne Seele blühst;
berliner Knabe, der du dich kaum noch bemühst!
Das Wo ist meistens schwieriger als das Ob –
Aphrodite mit dem berliner Kopp!
Aphrodite, schaumgeborne, laß mal sehn,
wie sie alle, alle mit dir angeln gehn!

«Hallo? Wie is Ihn denn gestern bekomm? Gut? ja? Ausgeschlafen?
Hach! Daran kann ich mich gahnich erinnern. Nein. Der hat doch
Sonja das Chinesenkostüm geliehn . . .!»

Als wär nie nichts gewesen
telefonieren dreißigtausend Paare in Berlin.

CONFESSIO

Wir Männer aus Berlin und Neukölln,
wir wissen leider nicht, was wir wölln.
Mal ...

Mal konzentrieren wir uns auf die eine,
spielen mit ihr: die oder keine,
legen uns fest, ohne Bedenken,
wollen auch einem Söhnlein das Leben schenken,
verlegen den Sitz der Seele, als Gatte,
oberhalb des Tisches Platte –
Und sind überhaupt sehr monogam.

Wie das so kam ...

Da lockten die andern. Ihrer sind viele.
Sie lockten zu kindlichem Zimmerspiele
– Bewegung lächerlich, Preis bedeutend –
Immer nur eine Glocke läutend?
Immer an eine Frau gebunden?
So sollen uns alle Lebensstunden
verrinnen? Ohne boshafte Feste?
Liegt nicht draußen das Allerbeste?
Mädchen? Freiheit? Frauen nach Wahl –?

Gesagt, getan.
Mal ...

Mal trudeln wir durch bläuliche Stunden,
tun scheinbar an fröhlichem Wechsel gesunden;
können es manchmal gar nicht fassen,
welch feine Damen bei uns arbeiten lassen.
Und jede Seele, die eine hatte,
liegt unterhalb des Tisches Platte.
Und sind überhaupt sehr polygam.

Wie das so kam ...

So herumwirtschaften? Lebenslänglich?
Plötzlich werden wir recht bedenklich.
Sehnen uns beinah fiebrig zurück
nach Einsamkeit und Familienglück.

Und fangen als ein ganzer Mann
die Geschichte wieder von vorne an.

Wir Männer aus Berlin und Neukölln,
wir wissen leider nicht, was wir wölln.
Wir piesacken uns und unsre Fraun;
uns sollten sie mal den Hintern aushaun.
Bileams Esel, ich und du.
Gott schenke uns allen die ewige Ruh.
Amen.

AN DIE BERLINERIN

Mädchen, kein Casanova
    hätte dir je imponiert.
    Glaubst du vielleicht, was ein doofer
Schwärmer von dir phantasiert?
Sänge mit wogenden Nüstern
Romeo, liebesbesiegt,
würdest du leise flüstern:
«Woll mit die Pauke jepiekt —?»
Willst du romantische Feste,
gehst du beis Kino hin . . .
    Du bist doch Mutterns Beste,
    du, die Berlinerin —!

Venus der Spree — wie so fleißig
liebst du, wie pünktlich dabei!
Zieren bis zwölf Uhr dreißig,
Küssen bis nachts um zwei.
Alles erledigst du fachlich,
bleibst noch im Liebesschwur
ordentlich, sauber und sachlich:
Lebende Registratur!
Wie dich sein Arm auch preßte:
gibst dich nur her und nicht hin.
    Bist ja doch Mutterns Beste,
    du, die Berlinerin —!

Wochentags führst du ja gerne
Nadel und Lineal.
Sonntags leuchten die Sterne
preußisch-sentimental.
Denkst du der Maulwurfstola,
die dir dein Freund spendiert?
Leuchtendes Vorbild der Pola!
Wackle wie sie geziert.
Älter wirst du. Die Reste
gehn mit den Jahren dahin.
Laß die mondäne Geste!
    Bist ja doch Mutterns Beste,
    du süße Berlinerin —!

1967

BERLINER LIEBE

Steht dir der Sinn nach Liebe in den Orten
Westend bis Köpenick:
dann senk den Blick
und unterscheide im Objekte die drei Sorten:
Da gibt es Frauen mit den Scheitelhaaren,
gepunztes Silber auf dem falschen Busen,
teils im Reformkleid, teils in Eigenblusen,
die einmal – ach, wie weit! – fast reinlich waren
(jetzt dunkelweiß).
Bei Sturm und Regen
gehn diese gern durch Wald und Flur allein,
das Lodenhütchen keck auf einem Ohre,
und sprechen mit sich selbst und mit Tagore ...
Soll die es sein –?
Sie sagen Feuilletons, eh man sie legt.
Sie sind sehr edel.
Aber nicht gepflegt.

Da gibt es solche, unten rum aus Seide,
im samtnen Mantel mit dem Waschbärkragen –
nach ihren Eltern mußt du sie nicht fragen.
Sie ist euch treu – und so liebt ihr drei beide.
Groß ausgehn nennt der Fachmann dein Getue.
Führ sie ins Kino, ins Theater ein!
Sie tanzt den neusten Schritt, kennt alle Paare,
hat jeden Monat frisch gefärbte Haare ...
Soll die es sein –?
Sie spricht nicht viel.
Doch was sie spricht, ist Kitt.
Und sie nimmt alle süßen Ecken mit.

Willst du die Jüngerin Thaliens küren?
Sie offenbart, wenn sie mit dir im Bund ist,
was ihr Direktor für ein Schweinehund ist:
er wollt sie alle in Versuchung führen –
Das tät sie nie. (Fast nie.)
Es rinnt die Rede:
Von Proben, Premerieen, Klatscherein –
sie meistere Spiel und Sprache wie nur wenige,
sie spiele Olala und Iphigenie ...
Soll die es sein –?

Beim Papa Rickelt! Süß in allen Phasen:
Sie liebt.
Und bringt dich zeitig untern Rasen.

So geh, du Liebeswanderer, von Haus zu Haus.
Berlin ist groß.
Nun such dir eine aus!

SORRENT

Wie die Tage so golden verfliegen,
wie die Nacht sich so selig verträumt –
wenn am Abend bechiffonte Ziegen
vor der Theke sich wogen und wiegen –
wo der Sekt Gottbehüte noch schäumt ...
Wo im Schleier – ich danke, Herr Franke –
junge Nutten den Beifox vollziehn ...
O du schimmernde Blüte der Panke!
Sei gegrüßt, du mein schönes Berlin –!

Und die Nacht, wenn bei Rotters sie toben,
dem Claqueure der Handschuh zerplatzt –
wenn Annoncen, so bilderdurchwoben,
ihre Herren preisen und loben –
wenn die Loge futtert und schmatzt ...
«Wat is denn det hier forn Jestanke?
Wer eßt hier Käse? Ham Sien?» ...
O du schimmernde Blüte der Panke!
Sei gegrüßt, du mein schönes Berlin –!

Wo mit müde verzogenen Lippen
junger Gent kalten Schleichhändler frißt –
wo Chauffeure die schweinernen Rippen
in die fettige Brihsuppe stippen –
wo der Fahrgast die Taxe vergißt ...
Da begrabt mich mit Efeugeranke,
mit Ranunkeln und weißem Jasmin – –
Hier leben? Mensch, welch Gedanke!
O du schimmernde Blüte der Panke!
Sei gegrüßt, du mein schönes Berlin –!

KÖRPERKULTUR

Und wie sich auch die weißen Glieder ranken;
und wie sie sich, wenn die letzten Hüllen sanken,
wollüstig aalt –
es kann mich nicht von meiner Brunst erlösen.
Es ist doch alles, teure Voyeusen,
bezahlt! bezahlt!

Es rast die Polizei. Die Kommissare,
sie nutzen dies als eine wunderbare
Reklame aus.
«Die Orgje». Und: «Entkleidet bis zum Nabel»
(von unten her) – und: «Welch ein Sündenbabel!
Welch Pfreudenhaus!»

Du Polizei vom Alexanderplätzchen!
Es liebt doch jeder gern sein eigenes Schätzchen
und sein Pläsir.
Dies Schauspiel war, zum Beispiel, für die Dümmern.
Du mußt dich aber nicht um alles kümmern –
wir schenkens dir.

Und, Presse, du! Laß das Moralgeflenne –
willst du, daß ich dir etwas Schlimmeres nenne
als dies Lokal?
Die gaben nackt sich hin im Lasterloche.
Das, Liebste, tust du schließlich jede Woche
wohl dreizehn Mal.

Aujuste tanzt. Ihr Kavalier hat heute
verschoben zwei Waggons voll Sacharin.
Man ist bemüht, ihm seine fette Beute
so langsam aus dem Portemonnaie zu ziehn.
Er schmeißt Champagner für die lieben Bräute,
den Hut schief in der Stirn: «Wat kost Berlin?»
    «Zahl mir ein Beffstück!» haucht sie, «weil dus kannst!» –
        Aujuste tanzt.

Im Ballsaal schlängeln sich befrackte Schieber.
Der Lackschuh glänzt. (Ist er auch schon bezahlt?)
Die Weiblichkeit erglänzt in Nerz und Biber
und ist im ganzen Rosa angemalt.
Nur wenn sie sprechen ... «Emmi! Komm ma riba!»
Der Piefke protzt, die kleine Nutte prahlt.
    Ist auch – wer siehts? – der Unterrock zerfranst –
        Aujuste tanzt.

Man tut wie lauter Jrafens und Barone.
Der Saal erstrahlt in goldlackiertem Stuck.
Die Preise für den Mosel sind nicht ohne –
es lebe hoch der heilige Neppomuck!
«Ich müde? Aber, Junge, nich die Bohne!»
Der Morgen graut. Sie kriegen nie genug.
    Ein Dicker hält vor Lachen sich den Wanst. –
        Aujuste tanzt.

Aujuste tanzt. Wer ist denn die Aujuste?
Wer ist die Holde, die voll Heiterkeit
im Kriege und auch später tanzen mußte?
Kanonen gibt es, die sind wie gefeit.
Da war die Schicht, die stets von gar nichts wußte,
sie machen sich in Nachtlokälern breit ...
    Wer war sie wohl, die du dort nächtlich fandst?
        Aujuste tanzt.

BERLINER FASCHING

Nun spuckt sich der Berliner in die Hände
und macht sich an das Werk der Fröhlichkeit.
Er schuftet sich von Anfang bis zu Ende
durch diese Faschingszeit.

Da hört man plötzlich von den höchsten Stufen
der eleganten Weltgesellschaft längs
der Spree und den Kanälen lockend rufen:
«Rin in die Eskarpins!»

Und diese Laune, diese Grazie, weißte,
die hat natürlich alle angesteckt;
die Hand, die tagshindurch Satin verschleißte,
winkt ganz leschehr nach Sekt.

Die Dame faschingt so auf ihre Weise:
gibt man ihr einmal schon im Jahr Lizenz,
dann knutscht sie sich in streng geschlossnem Kreise,
fern jeder Konkurrenz.

Und auch der Mittelstand fühlts im Gemüte:
er macht den Bockbierfaßhahn nicht mehr zu,
umspannt das Haupt mit einer bunten Tüte
und rufet froh: «Juhu!»

Ja, selbst der Weise schätzt nicht nur die hehre
Philosophie: auch er bedarf des Weins!
Leicht angefüllt geht er bei seine Claire,
Berlin radaut, er lächelt . . .
Jeder seins.

SINGT EENER UFFN HOF

Ick hab ma so mit dir jeschunden,
ick hab ma so mit dir jeplacht.
Ick ha in sießen Liebesstunden
zu dir «Mein Pummelchen» jesacht.
    Du wahst in meines Lehms Auf un Ab
    die Rasenbank am Elternjrab.

Mein Auhre sah den Hümmel offen,
ick nahm dir sachte uffn Schoß.
An nächsten Tach wahst du besoffen
un jingst mit fremde Kerle los.
    Un bist retuhr jekomm, bleich un schlapp –
        von wejen: Rasenbank am Elternjrab!

Du wahst mein schönstet Jlück auf Erden,
nur du – von hinten und von vorn.
Mit uns zwee hätt et können werden,
et is man leider nischt jeworn.
    Der Blumentopp vor deinen Fensta
    der duftet in dein Zimmer rein . . .
    Leb wohl, mein liebes Kind, und wennsta
    mal dreckich jeht, denn denke mein –!

SUBKUTAN

Ich geh mit etwas weichen Knien
und träumerisch durch ganz Berlin
leicht angeknockt und ein wenig schwach:
ernsten Berufsgeschäften nach.

Der Ordner hieß ‹Helvetia›;
von den Packpapierbogen ist nichts mehr da;
die Lieferung hätten wir noch ergattert –
Telefon schnurrt, Schreibmaschine schnattert ...
Chinesisch-fett ruht mein Gesicht,
und was gestern war, weiß keiner nicht.

Da gibt es im Märchen einen Zwerg,
der glaubt sich mit allem längst über den Berg;
an einem unbewachten Ort
sagt das Dummchen sein Zauberwort
und tanzt dazu auf einem Bein
und steht nicht an, vor sich hin zu schrein:
«Ach, wie schön, daß niemand weiß,
daß ich Rumpelstilzchen heiss –!»

Vor mir schreibt ein gebeugter Scheitel ...
Männer sind manchmal bodenlos eitel.
Und in mir gluckert ein Freudengebraus:
ich hab euch allen etwas voraus!
Und beschaulich, in guter Ruh,
seh ich den Geisteskranken zu,
die sich im Reichstag wichtig machen,
hör still erfreut die Schlagzeilen krachen
von Morgen-, Mittag- und Nachtausgabe ...
Macht, macht ... Ich persönlich habe
meinen Teil weg. Und bin angenehm matt.
Wer hat, hat.

Nur kein Neid.

Das ist die schönste Tageszeit:
die nach der Erfüllung. Da läßt man sich treiben,
möchte immerzu die Hände reiben
und hat zu eignem Privatgebrauch
so etwas wie Schadenfreude im Bauch.

Denn jeder Kerl glaubt dann und wann,
er sei ganz alleine ein Mann.

Kein Feuer, keine Kohle
kann brennen so heiß
wie die heimliche Liebe,
von der niemand nichts weiß.

Kennst du das?

Zu dem, was an solchem Tage geschieht,
zu allem, was dein Auge sieht,
zu allen Reden und Diskussionen,
zu allen Reichsgerichts-Konstruktionen;
zu Vollbärten, die sich gebildet bekleckern —:
immer hörst du ein Stimmchen meckern:
«Ach, wie schön, daß niemand weiß,
daß ich Rumpelstilzchen heiß —!»

Mensch, sei diskret! Ein Dummkopf, wer sich spreizt.
Fremder Hunger langweilt.
Fremdes Glück reizt.
Und dann sieht dich jemand in ihrem Haus.
Und dann ist die ganze Bescherung aus.

SILVESTER

So viel Tage zerronnen,
so viel Monate fliehn;
stets etwas Neues begonnen,
dorrt es unter der Sonnen . . .
    Hexenkessel Berlin!

Ich, der Kalendermacher,
blick nachdenklich zurück.
Mal ein Hieb auf den Schacher,
mal auf den Richter ein Lacher –
    Aber wo blieb das Glück?

Schau, sie sind kaum zu belehren.
Denken nur merkantil.
Halten den Dollar in Ehren,
können ihn nicht entbehren –:
    Liebliches Börsenspiel.

Mädchen – euch halten die Schieber!
Denn sie sind obenauf.
Geist –? Es ist euch viel lieber
Lack und Erfolg und Biber –
    Das ist der Welten Lauf.

Nur mit dem Armband bekleidet
wandelt Melpomene.
Börsenfaun, er entscheidet,
woran die Loge sich weidet –:
    kugeliges Dekolleté.

Wie verbring ich Silvester?
Gib mir dein blondes Haar.
Fasse die Arme mir fester,
gib dich, du liebliche Schwester –
    woll aus deinen Händen
    Nacht und Entzücken mir spenden
    und ein besseres, anderes Jahr!

Von wejen Liebe . . .
Wat der Affe klönt!
Ick hab ma ehmt bloß an'n jewöhnt!
Ick weß nu schon: det Morjens seine Socken . . .
uff seinen Oberarm die zweenhalb Pocken . . .
Von wejen Liebe —!
Hö! So siehste aus.
Mensch, nischt wie raus!

Da sind wa neulich in'n Film jewesen.
Da jab et eenen schönen Brief zu lesen.
Een Vers:
DIE EIFERSUCHT IST EINE LEIDENSCHAFT,
DIE MIT EIFER SUCHT, WAS LEIDEN SCHAFFT.
Na ja doch. Aba det wär ja jelacht:
Wenn der mit seine Nutten macht —
ick sahre nischt. Ick kenn doch diß jenau!
Son fauler Kopp. Ick ärja mir bloß blau,
det ick mir ärjere. Denn der vadient det jahnich,
der Affenschwanz, der olle Piesenkranich.
Ick mach et janz jenau wie er — son Aas . . .!
A det is komisch: mir machts keenen Spaß.
Mich kann die janze Männerbransche —!
Ick nehme jahnich jern Revansche.
Ick, Lottchen, bin ja dazu viel zu schlau.
So is det meine Meinung nach mit jede Frau:
Sofern wir iebahaupt 'n Herrn ham,
denn ham wir jern, det wirn jern ham!
Ob Schupouniform, ob in Zevil:
es is von wejen det Jefiehl.
Da weeß der jahnischt von. Der pust sich auf
und kommt sich vor un is noch stolz dadrauf . . .
Von wejen Liebe . . .
Det bestimmt doch keinesfalls
der Mann mit seinen unjewaschenen Hals!
Ich küsse Ihre Hand, Madam.
Diß jlauben bloß die Kälber.
Ick sahre so —:
Det Schönste an die Liebe is die Liebe selber.

1967

STATIONEN

Erst gehst du umher und suchst an der Frau
das, was man anfassen kann.
Wollknäul, Spielzeug und Kätzchen – Miau –
du bist noch kein richtiger Mann.
    Du willst eine lustig bewegte Ruh:
    sie soll anders sein, aber sonst wie du . . .
        Dein Herz sagt:
            Max und Moritz!

Das verwächst du. Dann langts nicht mit dem Verstand.
Die Karriere! Es ist Zeit . . .!
Eine kluge Frau nimmt dich an die Hand
in tyrannischer Mütterlichkeit.
    Sie paßt auf dich auf. Sie wartet zu Haus.
    Du weinst dich an ihren Brüsten aus . . .
        Dein Herz sagt:
            Mutter.

Das verwächst du. Nun bist du ein reifer Mann.
Dir wird etwas sanft im Gemüt.
Du möchtest, daß im Bett nebenan
eine fremde Jugend glüht.
    Dumm kann sie sein. Du willst: junges Tier,
    ein Reh, eine Wilde, ein Elixier.
        Dein Herz sagt:
            Erde.

Und dann bist du alt.
                Und ist es soweit,
daß ihr an der Verdauung leidet –:
dann sitzt ihr auf einem Bänkchen zu zweit,
als Philemon und Baucis verkleidet.
    Sie sagt nichts. Du sagst nichts, denn ihr wißt,
    wie es im menschlichen Leben ist . . .
    Dein Herz, das so viele Frauen besang,
    dein Herz sagt: «Na, Alte . . .?»
                Dein Herz sagt: Dank.

KLEINES OPERETTENLIED

Mit ihm schlafen ja, aber keine Intimitäten

Sei nicht böse, wenn ich dich, du liebe Inge,
hier leis besinge –
hör mich mal an:
In dem weiten Reich der schwärmerischen Dinge
knüpft eine Schlinge
dir jeder Mann.
  Doch die Nacht ist keineswegs des Werkes Krönung.
  Sieh, erst nachher da beginnt das wahre Spiel;
  denn das Schlimmste an der Liebe ist Gewöhnung . . .
  ein Mal ist kein Mal, aber acht Mal sind sehr viel.
    Laß die Liebe aus dem Spiel, wenn du liebst.
    Weil du dir dabei zu viel
    vergibst.
    Höre nicht auf Schmeichelein!
    Mußt du stets die Dumme sein?
    Wenn du ehrlich bist, dann fällst du rein!
    Das Geschäft ist faul: er nimmt, und du gibst . . .
    Laß die Liebe aus dem Spiel, wenn du liebst!
    Steht nach Küssen dir der Sinn,
    na, dann geh nur ruhig hin –
    Doch von Liebe, doch von Liebe steht nichts drin!

Und ich weiß, wie das mal wird, du liebe Inge,
wenn ich einst hinge
an deiner Brust:
Um die Augen hast du dunkelblaue Ringe,
doch ach! ich bringe
dich nicht zur Lust.

  Warum kommts, daß wir uns so verlieren müssen?
  Wer mehr liebt, der leidet noch und noch.
  Und du siehst an mir vorbei, wenn wir uns küssen,
  und du hast Furcht. Und liebst ja doch . . .
    Laß die Liebe aus dem Spiel, wenn du liebst.
    Weil du dir dabei zu viel
    vergibst.
    Erst schenkst du dein schönes Bein,
    und du sagst: «Mehr solls nicht sein!»
    Und das Herz, das folgt dann hinterdrein . . .

Und ich rate dir vergebens, wenn du gibst:
Laß die Liebe aus dem Spiel, wenn du liebst!
    Frau und Mann sind niemals frei.
    Stets ist ein Gefühl dabei.
Und die Dummen sind gewöhnlich alle zwei!

FRAGE

Es laufen vor Premieren
Gerüchte durch die Stadt:
Nun kommt, was man in Sphären
noch nicht gesehen hat.
Doch hat der Rummel sich gelegt
— so aufgeregt, so aufgeregt —
dann frag ich still, so leis ich kann:
«Und dazu ziehn Sie 'n Smoking an —?»

Es steigen große Bälle,
und die Plakate schrein.
Man muß auf alle Fälle
da reingetreten sein.
Der Sekt ist warm, die Garderobe kalt.
«Ich glaube, Lo, nun gehn wir bald . . .»
Zu Hause sehn sich alle an:
«Und dazu ziehn wir 'n Smoking an —?»

Es prangt in den Journalen
das Bildnis einer Frau.
Schön ist sie angemalen,
hellrosa, beige und blau.
Dir glückts . . . ihr Widerstand erschlafft . . .
Na, fabelhaft! Na, fabelhaft?
Grau ist der Morgen . . . welk der Strauß . . .
Und dazu zieh ich 'n Smoking aus —?

Willst du nach oben schweben,
fällst du auf den Popo.
Und überhaupt das Leben,
es ist gemeinhin so:
Erst viel Geschrei und mächtiger Zimt.
Sieh nur, wie alles Karten nimmt!
Aber mehrstenteils, o Smokingmann:
Zieh ihn gar nicht erst an! Zieh ihn gar nicht erst an —!

MUTTERNS HÄNDE

Hast uns Stulln jeschnitten
un Kaffe jekocht
    un de Töppe rübajeschohm –
un jewischt und jenäht
un jemacht und jedreht...
    alles mit deine Hände.

Hast de Milch zujedeckt,
uns Bobongs zujesteckt
    un Zeitungen ausjetragen –
hast die Hemden jezählt
und Kartoffeln jeschält...
    alles mit deine Hände.

Hast uns manches Mal
bei jroßen Schkandal
    auch 'n Katzenkopp jejeben.
Hast uns hochjebracht.
Wir wahn Sticker acht,
sechse sind noch am Leben...
    Alles mit deine Hände.

Heiß warn se un kalt.
Nu sind se alt.
    Nu bist du bald am Ende.
Da stehn wa nu hier,
und denn komm wir bei dir
    und streicheln deine Hände.

1967

ES IST

Es ist so viel unverbrauchte Zärtlichkeit in Hotelzimmern,
wo sie allein liegen:
ein Mann, oder eine Frau, oder ein angebrochenes junges Mädchen –
in leiser Lächerlichkeit liegen wir allein.

Es ist eine Einsamkeit, umflossen
von den Strömen des städtischen Gases,
des elektrischen Stromes, für alle gemacht,
einer Zentralheizung, eines Zentralessens, einer Zentralzeitung ...
aber ein kleiner Fleck ist noch da,
auf dem sind wir allein.

Jeder liegt in seiner Schublade.
Die kleinen Härchen auf den Oberarmen schwanken suchend im Luftzug,
wie die Greifer der Meerespflanzen in strömendem Wasser;
die Haut langweilt sich.

Wenn jetzt einer käme und sagte: «Bitte sehr! ich liege Ihnen zur Verfügung!»
wenn ich jetzt durch die Wand ginge zu meiner Nachbarin –
(«Man ist doch keine Hure! ich werfe mein Leben nicht in Hotels weg!» – Kusch.)
– wenn jetzt eine dicke Dame käme, mich im Bad zu massieren;
wenn sich jetzt der Jungen ein verständiger Mann gesellte, der sie nur streichelte ...
ungenützt ist die Nacht.

Dreiviertel eins.
Es kocht in den Röhren des Badezimmers;
badet jemand noch so spät?

Neugierig sind wir auf fremde Körper.
Wie legen Sie abends das Hemd auf den Stuhl? Lieben Sie Fruchtsalz?
Ziehen Sie Ihre Uhr morgens oder abends auf?
Und in der Liebe?
Sind Sie gesund? Verzeihen Sie, ich habe solche Furcht vor Krankheiten –
das ist ein Teil meiner Tugend.

I'm in love again –
nein, das eigentlich nicht:
es sollte nur jemand da sein, an dem ich mich spüren kann.
Warum, 318 (mit Bad) liegen Sie so allein?
Denkbar wäre auch eine Hotelgeisha, die höflich liebt,
und die auf der Rechnung nur als kleiner, diskreter Kreis vermerkt ist –
aber schöner wäre ein Gast.

Warum kommt nie ein Einsamer zu einer Einsamen?
Stolz kriechen wir in unser zuständiges Gehäus,
hygienisch, unnahbar, vernünftig,
allein.

Knips das Licht an, sagt der Schlaflose zu sich selbst
(er duzt sich, weil er sich schon so lange kennt) –
und lies noch ein bißchen.
Du hast zu viel Pfirsich-Melba gegessen, daher solche Gedanken,
Luftblasen auf dem Meer der innern Sekretion.
Du bist überhaupt gar nicht allein. Du hast eine Zeitung. Lies:

8. Fortsetzung *Nachdruck verboten.*

Schließlich raffte sie ein Spiel Karten auf, kauerte sich neben den Kamin und begann, eifrig und hingegeben zu mischen.

«Ich kam in der Absicht», begann er mit einer nicht ganz festen Stimme, «noch heute um Ihre Hand anzuhalten.» Das schöne Mädchen

SONNTAGSMORGEN, IM BETT

Was – was ist?
Ach so. Heute ist Sonntag. Da kann ich noch liegen.
Mit den Schultern kuscheln. Mich ans Kopfkissen schmiegen –
Aus alter Gewohnheit wacht man sonntags immer
so früh auf wie wochentags – das kommt vielleicht von dem Schimmer
da von den Jalousien – was ist denn das für ein Geratter und Gebraus?
Na, jedenfalls heute muß ich nicht raus.

Ich kann heute ganz stille liegen und ruhn.
Und muß gar nichts. Und hier kann mir keiner was tun.
So ein Bett ist eigentlich eine schöne Sache –
da müßte noch so eine Sonnenplache
drüber sein, und dann fährt man damit überall hin.
Woher kommt das, daß ich heute so furchtbar müde bin –?

Gestern abend haben wir wesentlich zu viel Schwedenpunsch getrunken,
Paul war zum Schluß ganz in seinen Sessel versunken;
ich habe auch noch so einen komischen Geschmack im Mund
und – –

Halb neun! Da muß ich richtig wieder eingeschlafen sein.
Sonntagsmorgen im Bett, das ist fein.
Das heißt: Was nun noch kommt, ist weniger schön . . .
Heute muß ich zu Onkel Otto und Tante Frieda gehn –
Margot ist auch da, die keusche Lilie . . .
Warum, lieber Gott, ist man sonntags stets in Familie?
Vor Tisch sind sie beleidigt, und nach Tisch sind sie satt –
wenn ich dran denke, wird mir jetzt schon ganz matt.

Abends ist Theater . . . morgen muß ich unbedingt mal mit Kempner
telefonieren:
Er muß mir die Diele billiger tapezieren –
achtzig ist zu viel – der Junge ist wohl nicht ganz gesund!
und – –

Halb zehn!
«Willi! Aufstehn! Aufstehn!»
Ja doch, ja!
Ich stehe ja schon auf, Mama –

Jetzt geht der Sonntag los! Nein: eigentlich ist er jetzt vorbei.
Jetzt kommen die Zeitungen und Briefe und Telefon und Geschrei.
Das ist nun weniger geruhsam und labend . . .

Aber so ist das im Leben:
Das Schönste vom Sonntag ist der Sonnabend Abend.

EHEKRACH

«Ja –!»
«Nein –!»
«Wer ist schuld?
Du!»
«Himmeldonnerwetter, laß mich in Ruh!»
– «*Du* hast Tante Klara vorgeschlagen!
Du läßt dir von keinem Menschen was sagen!
Du hast immer solche Rosinen!
Du willst bloß, ich soll verdienen, verdienen –
Du hörst nie. Ich red dir gut zu . . .
Wer ist schuld –?
Du.»
«Nein.»
«Ja.»

– «*Wer* hat den Kindern das Rodeln verboten?
Wer schimpft den ganzen Tag nach Noten?
Wessen Hemden muß ich stopfen und plätten?
Wem passen wieder nicht die Betten?
Wen muß man vorn und hinten bedienen?
Wer dreht sich um nach allen Blondinen?
Du –!»
«Nein.»
«Ja.»
«Wem ich das erzähle . . .!
Ob mir das einer glaubt –!»
– «Und überhaupt –!»
«Und überhaupt –!»
«Und überhaupt –!»

Ihr meint kein Wort von dem, was ihr sagt:
Ihr wißt nicht, was euch beide plagt.
Was ist der Nagel jeder Ehe?
Zu langes Zusammensein und zu große Nähe.

Menschen sind einsam. Suchen den andern.
Prallen zurück, wollen weiter wandern . . .
Bleiben schließlich . . . Diese Resignation:
Das ist die Ehe. Wird sie euch monoton?
Zankt euch nicht und versöhnt euch nicht:
Zeigt euch ein Kameradschaftsgesicht

und macht das Gesicht für den bösen Streit
lieber, wenn ihr alleine seid.

Gebt Ruhe, ihr Guten! Haltet still.
Jahre binden, auch wenn man nicht will.
Das ist schwer: ein Leben zu zwein.
Nur eins ist noch schwerer: einsam sein.

NEBENAN

Es raschelt so im Nebenzimmer
im zweiten Stock, 310 –
ich sehe einen gelben Schimmer,
ich höre, doch ich kann nichts sehn.
Lacht eine Frau? spricht da ein Mann?
ich halte meinen Atem an –
Sind das da zwei? was die wohl sagen?
ich spüre Uhrgetick und Pulse schlagen ...
Ohr an die Wand. Was hör ich dann
von nebenan –?

Knackt da ein Bett? Rauscht da ein Kissen?
Ist das mein Atem oder der
von jenen ... alles will ich wissen!
Gib, Gott, den Lautverstärker her –!
Ein Stöhnen; hab ichs nicht gewußt ...
Ich zecke an der fremden Lust;
ich will sie voller Graun beneiden
um jenes Dritte, über beiden,
das weder sie noch er empfinden kann ...
«Marie –!»
Zerplatzt.
Ein Stubenmädchen war nur nebenan.

War ich als Kind wo eingeladen –:
nur auswärts schmeckt das Essen schön.
Bei andern siehst du die Fassaden,
hörst nur Musik und Lustgestöhn.
Ich auch! ich auch! es greift die Hand
nach einem nicht vorhandenen Land:
Ja, da –! strahlt warmer Lampenschimmer.
Ja, da ist Heimat und das Glück.
In jeder Straße läßt du immer
ein kleines Stückchen Herz zurück.
Darfst nie der eigenen Schwäche fluchen;
mußt immer nach einem Dolchstoß suchen.
Ja, da könnt ich in Ruhe schreiben!
Ja, hier –! hier möcht ich immer bleiben,
in dieser Landschaft, wo wir stehn,
und ich möchte nie mehr nach Hause gehn.

Schön ist nur, was niemals dein.
Es ist heiter, zu reisen, und schrecklich, zu sein.
  Ewiger, ewiger Wandersmann
  um das kleine Zimmer nebenan.

DAS IDEAL

Ja, das möchste:
Eine Villa im Grünen mit großer Terrasse,
vorn die Ostsee, hinten die Friedrichstraße;
mit schöner Aussicht, ländlich-mondän,
vom Badezimmer ist die Zugspitze zu sehn –
aber abends zum Kino hast dus nicht weit.

Das Ganze schlicht, voller Bescheidenheit:

Neun Zimmer, – nein, doch lieber zehn!
Ein Dachgarten, wo die Eichen drauf stehn,
Radio, Zentralheizung, Vakuum,
eine Dienerschaft, gut gezogen und stumm,
eine süße Frau voller Rasse und Verve –
(und eine fürs Wochenend, zur Reserve) –,
eine Bibliothek und drumherum
Einsamkeit und Hummelgesumm.

Im Stall: Zwei Ponies, vier Vollbluthengste,
acht Autos, Motorrad – alles lenkste
natürlich selber – das wär ja gelacht!
Und zwischendurch gehst du auf Hochwildjagd.

Ja, und das hab ich ganz vergessen:
Prima Küche – erstes Essen –
alte Weine aus schönem Pokal –
und egalweg bleibst du dünn wie ein Aal.
Und Geld. Und an Schmuck eine richtige Portion.
Und noch ne Million und noch ne Million.
Und Reisen. Und fröhliche Lebensbuntheit.
Und famose Kinder. Und ewige Gesundheit.

Ja, das möchste!

Aber, wie das so ist hienieden:
manchmal scheints so, als sei es beschieden
nur pöapö, das irdische Glück.
Immer fehlt dir irgendein Stück.
Hast du Geld, dann hast du nicht Käten;
hast du die Frau, dann fehln dir Moneten –
hast du die Geisha, dann stört dich der Fächer:

bald fehlt uns der Wein, bald fehlt uns der Becher.

Etwas ist immer.

Tröste dich

Jedes Glück hat einen kleinen Stich.
Wir möchten so viel: Haben. Sein. Und gelten.
Daß einer alles hat:
das ist selten.

WIDER DIE LIEBE

Die brave Hausfrau liest im Blättchen
von Lastern selten dustrer Art,
vom Marktpreis fleißiger Erzkokettchen,
vom Lustgreis auch mit Fußsackbart.

Mein Gott, denkt sich die junge Gattin,
mein Gott! welch ein Spektakulum!
«Das schlanke Frauenzimmer hat ihn ...»
Ja was? Sie bringt sich reinweg um.

O Frau! Die Phantasie hat Grenzen,
sie ist so eng – es gibt nicht viel.
Nach wenigen Touren, wenigen Tänzen
ists stets das alte, gleiche Spiel.

Der liebt die Knaben. Dieser Ziegen.
Die will die Männer laut und fett.
Die mag bei Seeoffizieren liegen.
Und der geht nur mit sich ins Bett.

Hausbacken schminkt sich selbst das Laster.
Sieh hin – und Illusionen fliehn.
Es gründen noch die Päderaster
‹Verein für Unzucht, Sitz Berlin›.

Was kann der Mensch denn mit sich machen!
Wie er sich anstellt und verrenkt:
Was Neues kann er nicht entfachen.
Es sind doch stets dieselben Sachen ...
    Geschenkt! Geschenkt!

FIGURINEN

Einmal war ich schon achtzig Jahr.
Einmal, in einem frühern Leben,
da hat sich dieses mit mir begeben
– und ich hatte ganz weißes Haar –:

Ich saß im Lehnstuhl, nett und beschaulich,
so kurz nach Tisch – mir war so verdaulich.
Blumen im Fenster. Im Käfig ein Matz –
auf dem Tisch eine Tasse mit Untersatz ...
Und vor mir hielt ich auf meinen Knien
ein Album mit alten Fotografien.
Und ich machte ein Nickerchen ...
Aus ihren Rahmen
stiegen alle vergessenen Damen.

Eine war schlank und klug und bescheiden.
Die mochte ich immer am liebsten leiden.
Sie roch die Menschen. Sie wußte immer,
betrat sie nur einmal ein fremdes Zimmer:
die hat mit dem da – der ist stolz –
und die Frau ist falsch wie Galgenholz.
Sie erschien, wie im Nebel. Ich streckte die Hand
nach ihr – sie wich zurück und verschwand.
Und sie sprach, indes ich, wie verträumt,
ein Glück zerschlagen – ein Leben versäumt:
«Ich war die Nettste.»

Dann kam eine, ein dickes Paket,
wie es gar nicht in eine Corsage geht.
Wenn sie mir abends entgegenschwoll,
war das ganze Schlafzimmer voll.
Und sie trank zwischendurch –
wie ich das noch seh! –
immer Kaffee und Selter und Tee.
Und während in weichen Kissen sie kraucht,
hat das Schwergewicht mir entgegengehaucht:
«Ich war die Fettste.»

Dann hört ich im Halbschlaf einen Chor
von Stimmen. Und eine tauchte empor,
ein ganz junges Mädchen, weiß, ganz weich –

sie zögerte, näherte sich nicht gleich ...
Ich streckte nach ihr die Arme aus.
Sie stand vor einem Schifferhaus.
Und man hörte das Meer ...
Und sie sprach und sah mich dabei an –
    und da weinte ich alter Mann –:
        «Ich war die Letzte.»

Auf den Tod zu warten, ist so schwer ...
Aber das ist schon lange her.

1967

MIT DEM WEININGER

Ja . . . da sitzt du nun auf deines Bettes Rand,
und die ganze Welt scheint dir nicht recht . . .
Lies du nur in diesem Lederband,
und erkenne dein Geschlecht!

Wisse, Mädchen, du bist null und nichtig!
bist ein subsidiäres Komplement!
Tier und Fraue! Nimmst nur eines wichtig:
Wenn der Phallus dich erkennt.

Mit den sieben heimelichen Lüsten
beugst du klaren, starken Mannessinn –:
Wenn wir nur nicht mit euch schlafen müßten!

Er hat recht, und *du* bist Königin!

KLAGELIED EINES EINSAMEN

Nun schütteln wieder Mixer an den Tischen
den blank polierten Nickeltopf mit Eis.
Die Glastür geht. Die Droschkenautos zischen.
Man zahlt für alles den Valutapreis.
    Musik steigt auf. Auf plüschbelegten Treppen
    läßt sich der Zigarettenmann aus Frankfurt neppen.
    Um ein Uhr kommt die grüne Polizei . . .
    Und ich bin nicht dabei –!

Auf der Estrade steht im Reichstagssaale
ein Vollbartgreis im Gehrock – und er schwitzt.
Ein freier Mann – jedoch das Nationale
hält er steil in die Höh – der Speichel spritzt.
    Die Hörerschaft spürt zwischen Schlaf und Wachen:
    man muß – zur Volkswohlfahrt – Geschäfte machen.
    Und man verteilt die Posten, die noch frei . . .
    Und ich bin nicht dabei –!

Liane strahlt. Sie ist nur schwach bekleidet:
die Armbanduhr schmückt glitzernd ihr Gelenk.
Worum sie manche Frau so sehr beneidet,
beut sie den lieben Gästen als Geschenk.
    Weiß hebt die Haut sich ab von grünem Rupfen.
    Man sieht zwei Herrn ein Kokainchen schnupfen.
    Sie tanzt. Ganz leise haucht ein kleiner Schrei . . .
    Und ich bin nicht dabei –!

Im Kino huscht die Diva auf der Leinwand.
Ein Riesenauge, glotzt das Publikum.
Die Kohlennot ist für dies Fach kein Einwand.
Laut ist die Stadt und leider haltlos dumm . . .
    Da draußen schwankt ein Weidenbusch im Winde.
    Ein alter Herr träumt unter einer Linde,
    wer heut zum Skat noch einzuladen sei . . .
    Und ich bin nicht dabei –!
                        noch nicht dabei!

KÜMMERNIS

Frühmorgens beim Kaffee – mein faltiger Bauch,
wie baumelst du trübe und leer!
Gewiß, ohne Zucker und Milch geht es auch,
so reicht mir die Kanne nur her.
    Kein Fleisch und kein Honig, kein Fett und kein Ei,
    wie öd ist das Frühstücksgedeck!
    Doch eines, mein Bauch, stört am meisten uns zwei:
        Die Sahne . . .
        die Sahne ist weg!

Und nicht nur beim Kaffee – o Allegorie!
komm mit in den Musenhain.
Wie sehr auch der Kunstmarkt lärmte und schrie:
wer reich ist, der braucht nicht zu schrein.
    Die Expressionisten im Kinderkleid
    und die Kunst mit dem fünfstelligen Scheck –
    und ich denke an Brahm und die alte Zeit –
        Die Sahne . . .
        die Sahne ist weg!

So schau in die Zukunft! – Was kommt denn danach,
wenn die Große Zeit einst vorbei?
Was kommt nach den Tränen, dem Blut und der Schmach
und all dem Nationengeschrei?
    Was kommt für die Kinder? die Generation
    der Hoffnung?
                Ich sehe da black –
    Mein Jugendlicher, o Ludolf, mein Sohn:
        Die Sahne . . .
        die Sahne ist weg!

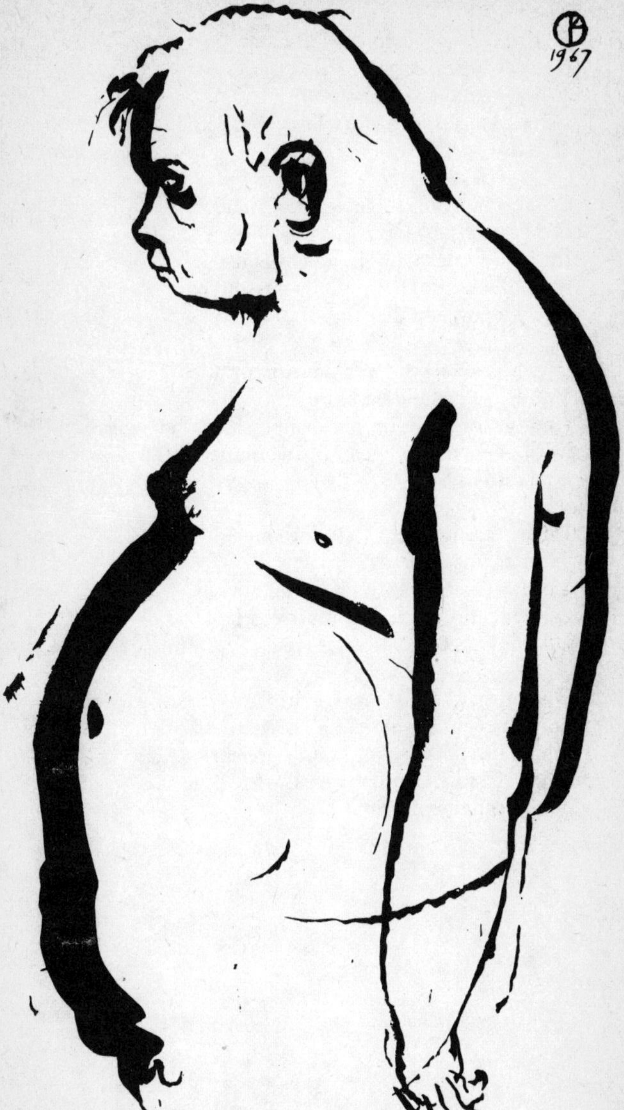
1967

DIE SCHWEIGENDE

Erst haben wir davon gesprochen
— du hörtest freundlich zu —,
ob unsre alten Männerknochen
sich niemals in den Hörselberg verkrochen . . .
Und du?

Er sagte: «Ach, ich bin ein böses Luder!
Die Frauen fehlen mir.
Ich fresse jedes Jahr ein halbes Fuder,
wild tobt mein Herz, stäubt nur ihr weißer Puder . . .»
Was klopft denn dir?

Er sagte: «Rausch! Nur Rausch vor allen Dingen!
Vor dem Verstand verblich
schon manche Göttin mit den Strahlenschwingen —
Mich packt es jäh, wenn meine Sinne singen . . .»
Und dich?

Ich sagte: «Rausch ist eine schöne Sache,
deckt er uns zu.
Doch geben Sie mir auch die eine wache
Sekunde nur, in der ich rauschlos lache . . .»
Und du?

Du sprichst kein Wort. Du siehst nur so auf jeden
von uns — und während alles weit verklingt,
und während wir voll Männerweisheit reden:
blitzt auf in einem dunkeln Garten Eden
dein sieghafter Instinkt.

DIE ARME FRAU

Mein Mann? mein dicker Mann, der Dichter?
Du lieber Gott, da seid mir still!
Ein Don Juan? Ein braver, schlichter
Bourgeois – wie Gott ihn haben will.

Da steht in seinen schmalen Büchern,
wieviele Frauen er geküßt;
von seidenen Haaren, seidenen Tüchern,
Begehren, Kitzel, Brunst, Gelüst ...

Liebwerte Schwestern, laßt die Briefe,
den anonymen Veilchenstrauß!
Es könnt ihn stören, wenn er schliefe.
Denn meist ruht sich der Dicke aus.

Und faul und fett und so gefräßig
ist er und immer indigniert.
Und dabei gluckert er unmäßig
vom Rotwein, den er temperiert.

Ich sah euch wilder und erpichter
von Tag zu Tag – ach! laßt das sein!
Mein Mann? mein dicker Mann, der Dichter?
In Büchern: ja.
Im Leben: nein.

LETZTE FAHRT

An meinem Todestag – ich werd ihn nicht erleben –
da soll es mittags Rote Grütze geben,
mit einer fetten, weißen Sahneschicht . . .
Von wegen: Leibgericht.

Mein Kind, der Ludolf, bohrt sich kleine Dinger
aus seiner Nase – niemand haut ihm auf die Finger.
Er strahlt, als einziger, im Trauerhaus.
Und ich lieg da und denk: «Ach, polk dich aus!»

Dann tragen Männer mich vors Haus hinunter.
Nun faßt der Karlchen die Blondine unter,
die mir zuletzt noch dies und jenes lieh . . .
Sie findet: Trauer kleidet sie.

Der Zug ruckt an. Und alle Damen,
die jemals, wenn was fehlte, zu mir kamen:
vollzählig sind sie heut noch einmal da . . .
Und vorne rollt Papa.

Da fährt die erste, die ich damals ohne
die leiseste Erfahrung küßte – die Matrone
sitzt schlicht im Fond, mit kleinem Trauerhut.
Altmodisch war sie – aber sie war gut.

Und Lotte! Lottchen mit dem kleinen Jungen!
Briefträger jetzt! Wie ist mir der gelungen?
Ich sah ihn nie. Doch wo er immer schritt:
mein Postscheck ging durch sechzehn Jahre mit.

Auf rotem samtnen Kissen, im Spaliere,
da tragen feierlich zwei Reichswehroffiziere
die Orden durch die ganze Stadt
die mir mein Kaiser einst verliehen hat.

Und hinterm Sarg mit seinen Silberputten,
da schreiten zwoundzwonzig Nutten –
sie schluchzen innig und mit viel System.
Ich war zuletzt als Kunde sehr bequem.

Das Ganze halt! Jetzt wird es dionysisch!
Nun singt ein Chor: Ich lächle metaphysisch.
Wie wird die schwarzgestrichne Kiste groß!
Ich schweige tief.
Und bin mich endlich los.

SCHICKSALSLIED

Bald fehlt uns der Wein –
Bald fehlt uns der Becher.
Hebbel

Gehst du abends spät nach Hause,
naßkalt, müde nach der Klause –
  mußt du heimwärts hinken?
Dafür hast du keinen Faible,
und du lugst durch blauen Nebel,
  wo zwei Lichter blinken.
Und da ratterts. «Holla, Kutscher!» Der sieht gar nicht hin.
Kommt schon mal ne leere Droschke – dann sitzt einer drin!

Dieses scheint mir allegorisch.
Eine liebt ich dilatorisch.
  Wartete sechs Wochen.
Endlich kehrt sie heim zu Muttern.
Darf ich dich mit Liebe futtern?
  Hör mein Herzlein pochen!
Doch sie lächelt. «In acht Monden bin ich Wöchnerin!»
Kommt schon mal ne leere Droschke – dann sitzt einer drin!

Neuer Chef im Amt. Wie ist er?
Kabinettssturz. Die Minister
  gehen, kommen, wechseln.
Heut auf schwarz-weiß-roten Kissen,
morgen durch die Brust geschossen –
  Laß sie Noten drechseln!
Dies, mein Sohn, in einem Satze ist des Lebens Sinn:
Kommt schon mal ne leere Droschke – dann sitzt einer drin!

PARK MONCEAU

Hier ist es hübsch. Hier kann ich ruhig träumen.
Hier bin ich Mensch – und nicht nur Zivilist.
Hier darf ich links gehn. Unter grünen Bäumen
sagt keine Tafel, was verboten ist.

Ein dicker Kullerball liegt auf dem Rasen.
Ein Vogel zupft an einem hellen Blatt.
Ein kleiner Junge gräbt sich in der Nasen
und freut sich, wenn er was gefunden hat.

Es prüfen vier Amerikanerinnen,
ob Cook auch recht hat und hier Bäume stehn.
Paris von außen und Paris von innen:
sie sehen nichts und müssen alles sehn.

Die Kinder lärmen auf den bunten Steinen.
Die Sonne scheint und glitzert auf ein Haus.
Ich sitze still und lasse mich bescheinen
und ruh von meinem Vaterlande aus.

AUF EIN KIND

Du lebst noch nicht.
Ich seh dich so lebendig:
ein kleiner gelber Schopf, die Augen blau;
ich seh dich an und such beständig
die Züge einer lieben Frau.

Du kreischst und jauchzst schon laut in deinen Kissen;
du bist so frisch und klar und erdenhaft.
Du brauchst es nicht wie ich zu wissen,
was Zwiespalt ist, der Leiden schafft.

Der ist dahin. Schrei du aus voller Lunge
und schüttle deine runde, kleine Faust!
Sei froh! Sieh auf die Mutter, Junge –
sie ist so hell, auch wenn ein Sturmwind braust.

Hör ihre Stimme nur: gleich wehts gelinder.
Setz du sie fort. Was bin denn ich allein?
Wir Menschen sind doch stets die alten Kinder:
ich war es nicht – mein Sohn, der soll es sein.

Du sollst es sein!
Und kommst du einst zum Leben:
Du sollst es sein! Ich hab es nicht gekonnt.
Gib du, was deiner Mutter Arme geben:
Leucht uns voran!
Du bist so blond.

1967

FRAUEN VON FREUNDEN

Frauen von Freunden zerstören die Freundschaft.
Schüchtern erst besetzen sie einen Teil des Freundes,
nisten sich in ihm ein,
warten,
beobachten,
und nehmen scheinbar teil am Freundesbund.

Dies Stück des Freundes hat uns nie gehört –
wir merken nichts.
Aber bald ändert sich das:
Sie nehmen einen Hausflügel nach dem andern,
dringen tiefer ein,
haben bald den ganzen Freund.

Der ist verändert; es ist, als schäme er sich seiner Freundschaft.
So, wie er sich früher der Liebe vor uns geschämt hat,
schämt er sich jetzt der Freundschaft vor ihr.
Er gehört uns nicht mehr.
Sie steht nicht zwischen uns – sie hat ihn weggezogen.

Er ist nicht mehr unser Freund:
er ist ihr Mann.

Eine leise Verletzlichkeit bleibt übrig.
Traurig blicken wir ihm nach.

Die im Bett behält immer recht.

GEFÜHLE

Kennen Sie das Gefühl: ‹déjà vu› –?
Sie gehen zum Beispiel morgens früh,
auf der Reise, in einem fremden Ort
von der kleinen Hotelterrasse fort,
wo die andern alle noch Zeitungen lesen.
Sie sind niemals in dem Dorf gewesen.
Da gackert ein Huhn, da steht eine Leiter,
und Sie fragen – denn Sie wissen nicht weiter –
eine Bauersfrau mit riesiger Schute...
Und plötzlich ist Ihnen so zumute
– wie Erinnerung, die leise entschwebt –:

Das habe ich alles schon mal erlebt.

Kennen Sie das Hotelgefühl –?
Sie sitzen zu Hause. Das Zimmer ist kühl.
Der Tee ist warm. Die Reihen der Bücher
schimmern matt. Das sind Ihre Leinentücher,
Ihre Tassen, Ihre Kronen –
Sie wissen genau, daß Sie hier wohnen.
Da sind Ihre Kinder, Ihre Alte, die gute –
Und plötzlich ist Ihnen so fremd zumute:

Das gehört ja alles gar nicht mir...
Ich bin nur vorübergehend hier.

Kennen Sie ... das ist schwer zu sagen.
Nicht das Hungergefühl. Nicht den leeren Magen.
Sie haben ja eben erst Frühstück gegessen.
Sie dürfen arbeiten, für die Interessen
des andern, um sich Brot zu kaufen
und wieder ins Büro zu laufen.
Hunger nicht.
Aber ein tiefes Hungern
nach allem, was schön ist: nicht immer so lungern –
auch einmal ausschlafen – reisen können –
sich auch einmal Überflüssiges gönnen.
Nicht immer nur Tag-für-Tag-Arbeiter,
ein bißchen mehr, ein bißchen weiter...
Sein Auskommen haben, jahraus, jahrein...?
Es ist alles eine Nummer zu klein.

Hunger nach Farben, nach der Welt, die so weit –
Kurz: das Gefühl der Popligkeit.

Eine alte, ewig böse Geschichte.
Aber darüber macht man keine Gedichte.

HÄUSER

Mittleres Haus in der Köpenicker Straße, in der Avenue des Ternes, am Harvestehuderweg –
du bist vollgelebt.

Hinter deinen Tapeten hat sich Angelebtes versammelt,
nachts knistert es,
tagsüber dünsten dort hundert Leben aus,
mittleres Haus.

Kotdurchrieselt stehst du,
von Drähten durchzuckt,
ein lebendiger Leib;
oben fassen die Gabeln deiner Antennen in die Luft und ziehen die Musik heran, die Helferin der Gemeinheit;
mit Recht spannen sich die Radiotrapeze, auf denen die Ätherwellen turnen, auf dem Dach aus,
neben den Hypotheken –
denn wer könnte Hypotheken handeln,
ohne die abendliche Hilfe Beethovens!

Du bist nicht wie jene Hausgreise,
in denen das Mauerleben längst abgestorben ist;
tot ruht der Kalk,
die Wanzen weinen
und beißen, angefüllt mit Verzweiflung der Isoliertheit;
nichts mehr sagt die Treppe,
schweigsam ist die Tür wie ein gefalteter Greisenmund.
So alte Leute sagen nichts mehr –
sie haben zu viel gesehn.

Du bist ein mittleres Haus.

Du bist nicht wie die Neubauten, die Gefäße des Unglücks,
in deren weißgetünchte Schubschachteln der Mensch hineinfällt,
hier seine Scheidung, seine neugebornen Kinder, seine Malheurbriefe zu erwarten;
kindisch gluckert die Badewanne, das junge Ding,
albern blitzen die Klinken,
und tapsig stuckert der eben konfirmierte Fahrstuhl in die Höhe und macht sich mausig –
wie mühsam ist es, ein so funkelnagelneues Behältnis vollzuwohnen!

So junge Leute sagen nicht viel –
sie haben noch zu wenig gesehn.
In ihnen vergeben die Mieter ihre Kraft – seelische Trockenwohner.

Du bist ein mittleres Haus.

Du hast schon viel in dir gehabt, Mutter der Möbel,
aber noch nicht genug.
Empfang, schlürf ein, spei aus:
Jeder Umzug eine kleine Geburt.

Du bist grade dabei, zu leben.
Deine Rohre rauschen, es kocht in den Ausgüssen, es brodelt im Badeofen.
Durch deine Steine sickert Weinen,
deine Ziegel schwitzen Elend aus
und gerinnendes Stöhnen der Komödien der Nacht.
Kalkiger Querschnitt!
Durchbrüllt vom Lärm der Wirtschaften,
vom sinnlosen Klingeln
und vom Quäken näselnder Phonographen!
Mancher wohnt oben in dir,
mittleres Haus.
Und abends,
wenn der Film der Geschäftigkeiten ruht,
steckt ein Hund seinen Kopf zum Fenster heraus,
ernsthaft wie Gottvater die Straßenwürmer betrachtend,
seine Pfote hat er aufs Fensterbrett gestellt –
das ist für ihn eine zweite Erde.

Mittleres Haus.

PFEIFEN ANRAUCHEN

Das tut sich wohl des öftern begeben:

Mal beginnt jeder sein ganzes Leben
von neuem. Wirft hin, was er nur kann,
und fängt alles wieder von vorne an,
mit gänzlich neuer Melodie . . .
Die Franzosen nennens ‹refaire sa vie›.

Refaire sa vie . . . das ist gar nicht einfach.
Refaire sa vie . . . ist leider mein Fach.
Dazu sind wir zu gebrauchen . . .
Refaire sa vie – ist wie Pfeifen anrauchen.

Du glaubst erst gar nicht, daß es sich lohnt.
Der Tabak schmeckt schwer und ungewohnt –
es legt sich das Nikotin auf den Magen,
du hast über Seelen- und Bauchweh zu klagen;
das macht:
das Ding ist nicht abgenutzt,
und die Pfeife ist viel zu wenig verschmutzt.

Aber so eine zwei, drei Jahr –
da schmeckt die Pfeife wunderbar.
Ihr Hals ist dir so vertraut gebogen,
das Holz ist voller Tabak gesogen
bis zur letzten Faser. Und du kratzst nichts ab.
Diese Pfeife nimmst du ins Grab . . .

Bis zur nächsten. Bis zur nächsten Ecke.
Da krauchst du hervor aus deinem Verstecke,
der Boden bekommt eine neue Schichtung,
das Leben nimmt eine andere Richtung –
Und du bist ein Kerl und ganzer Mann
und steckst eine neue Pfeife an.

Wenn du einmal am Ende stehst,
wenn du die letzte Wende gehst,
wenn du dann klug bist, blickst du zurück,
auf das ganze geschlängelte Stück.

So viel Pfeifen! Viel Änderungen!
so oft hast du eine neue geschwungen!
Und hat die Neue genützt?
Seife.

Es war immer dieselbe Pfeife.

IM KÄFIG

Hinter den dicken Stäben meiner Ideale
lauf ich von einer Wand zur andern Wand.
Da draußen gehen Kindermädchen, Generale,
Frau Lederhändlerswitwe mit dem Herrn Amant . . .

Manchmal sieht einer her. Mit leeren Blicken:
Ah so! ein Tiger – ja, das arme Tier . . .
Dann sprechen sie von «Tantchen auch was schicken
in Pergamentpapier».

Ich möcht so gern hinaus. Ich streck und dehn mich –
die habens gut, mit ihrer großen Zeit!
Sie sind gewiß nicht rein, und doch: ich sehn mich
nach der Gemeinsamkeit.

Der Tiger gähnt. Er käm so gern geloffen . . .
Doch seines Käfigs Stäbe halten dicht.
Und ließ der Wärter selbst die Türe offen:
Man geht ja nicht.

INHALT